Frozen moments in time

琥 珀 時 光

目錄

推薦序

古有《香譜》，今有《琥珀時光》

義大利文豪卡爾維諾在生命的最後有個宏願，就是要針對人的五種感官寫五篇小說，但直到一九八五年逝世，他只完成了味覺、聽覺、嗅覺三篇，觸覺與視覺則成了未竟的遺憾。

卡爾維諾以〈名、鼻〉這個題目寫嗅覺。一個風流紳士在面具舞會上邂逅了一名神祕女子，匆匆離去後他只依稀記得那獨特的香味，於是他到最大的香水店，希望能循香找人。調香師根據他說的記憶感覺來調香，然後他來印證。但結果如何呢？小說裡這樣寫道：「在香氣程度鑑別的來回拉鋸裡，我迷失了。我不再能識別我應當有的記憶走向。我只知道在這個香氣的譜系裡，在某一點上出現了斷層，出現了一個秘密的凹洞，而我認為徹底女人的那個香水就隱藏其中。」

循香找人，會迷失在嗅覺記憶不確定的秘密破洞裡，最後會造成一種困境，那就是對某種香氣我們似乎記得，但要我們去說那個記憶時，我們卻忽然察覺到，我們其實什麼都不再記得。香氣，和我們去說香氣（即香氣的名）之間其實存在著一個幾乎無法填補的溝隙。這也是人們在談論嗅覺時，總是顯得很無力的原因。

人類與所有動物一樣，嗅覺都佔了重要的位置。嗅覺是識別食物、性、敵友，以及建造記憶的主要載具。當人類由原人逐漸演化，知覺日益複雜後，仍會極端講究嗅覺，迷戀香氣。嗅覺是人類古老的本能。

然而，氣味是如此的本能，但它卻也如此的不確定。氣味的分子掠過，它就消失在空氣中。氣味的難以抓住儲存，氣味有較大的主觀性，這都使得人類感覺演化的過程裡，嗅覺遠遠的落後於視覺與聽覺。人類可以用很客觀的光學、色彩學、以及各種視覺的記載和表達方式，如繪畫及影像等讓視覺被保留；也可以靠聲學、樂學，各種記譜的方式和錄音科技等讓聲音被保存。但一談到嗅覺，則大家都手足無措。十八世紀法國啟蒙思想家孔狄亞克(E.B. de Condillac)在《感覺論》裡即明言：「在所有的感覺種類裡，嗅覺是對人類心智運作貢獻最少的一個。」大哲學家康德甚至說道：「哪一種身體感覺我們受惠最少，幾乎到了可以置之不理的程度？它就是嗅覺。它無法讓人培養嗅覺能力與改進它，俾增進嗅覺的快樂，嗅覺只可以找出讓人厭惡的對象，特別是擁擠地方的惡臭，而不是讓人愉快的對象。此外，嗅覺的快樂也易逝難留。」

因此，從十八世紀以來，人類的哲學科學都致力於建造所謂的「現代化」，就是替世界的有序合理建造出清晰的原理原則，在視覺和聽覺上都有極大的成就，而在嗅覺上則相對的落後不發達。當嗅覺的知識不發達，這就意謂著它欠缺了可以客觀表達及度量的原理原則，換言之，也等於人們在談到嗅覺時，只好主觀的根據自己的體會，用其他的比喻、聯想來表述。從十八世紀開始，有無數的文學家都在作品裡談嗅覺，如愛情的氣味、花朵的芬芳、人的體香、氣味和記憶，甚至包括城市的味道，戰爭的味道等。但因嗅覺的低度發展和欠缺原理原則，縱使在文學敘述上連「嗅覺語彙」都顯得不足。一種感覺要發達，必須該感覺的知識與經驗增加，有關該感覺的語彙也不斷豐富，溝通介面始能擴大，在這方面，嗅覺實在是個相當後進新生的領域。

不過，隨著時代的發展，這種情況已逐漸的有了改變，近代分子化學及膜的神經生理學，使人們對嗅覺的科學基礎有了突破性的認知，香料使用的範圍也隨著社會發展而增多，於是人們說嗅覺愈說愈多，新的嗅覺語彙因而開始增加。嗅覺的科學、歷史、文化、以及主觀上認知的強化，正在彌補人類五種感覺裡被荒廢已久，而同時也最神祕的嗅覺領域。

芳療師溫佑君的這本《琥珀時光》，雖然短小，但卻不輕薄。它可以說即是近代被發展之後新型態「香氣書寫」或「嗅覺書寫」的形式。香氣和香氣的嗅覺效應，已不再是空虛無力的主觀感受，而是有多固體內容的書寫型式，這是一種新的香氣嗅覺文化。讀這種書，可以打開人的嗅覺細胞，去跨入以前的人認為無路可通的神秘領域，而產生心靈的化學反應。

中國古代有「十三經」，後人又續之以「正續小十三經」，其中有宋代洪芻寫的《香譜》二卷，專門說香及香的製造方法。《琥珀時光》的作者如果有志，其實是可以去寫現代版的《香譜》啊！

——文化評論權威　南方朔

（本文原收錄於二〇一〇年由大田出版社出版之《溫式效應》（本書之舊書名），原文章名為「古有《香譜》，今有《溫式效應》，經作者同意後，再度收錄於書中）

永恆，就在琥珀時光裡

還不認識溫佑君以前，就聽聞她是亞洲重量級芳療專家，對芳療有深刻見解。可凡此種種，我聽過就忘——我以為所謂芳療，不過是教人點點精油燈，或用精油來按摩，藉由精油的香氣和某種成份，來讓人放鬆或提神，同時輔助治療身體某種毛病罷了。

隔了一陣子，我讀到佑君的著作，這才發覺，自己真是淺薄。她寫的何止是精油對身心產生的功效而已，她讓香氣與建築、詩歌、音樂、電影和攝影對話，芳療的嗅覺和觸覺從而和聽覺、視覺交融，產生各種效應，溫佑君透過文字，一一記錄下她對這種種效應的體會感受、觀察與思考。

不知道是否因為她曾攻讀社會學和哲學的學術背景，佑君寫起文章旁徵博引，引經據典，援引的例子自古至今，從東方到西方，在在顯示其人知識體系之深之廣。

知識含量如此豐厚，那麼，讀她的文章應該很吃力了。誒，別擔心讀不下去，我相信但凡是愛閱讀的人都會讀得津津有味，只因溫佑君的文字慧黠而有詩意，不時流露出對人對事的洞察力，還有更重要的，幽默感。

好比說，她提及台北的小巷花香，講到「台北人安排植栽的方式，就跟他們選擇投票對象一樣，充滿想法，但沒什麼邏輯。」又如，她寫泡澡時的「溶解狀態」，說它「使我們的身體宛如寂靜月夜的海灘——緩若圓弧的浪裙，一波一波在肌膚上進退，舊的悔恨哀傷溶去了，新的粗沙磨難又湧上來。於是，身體學會任由人生之浪潮滌蕩，知道真正的魔在不肯放手。」

在與本書同名的〈琥珀時光〉文中，她說明絲柏精油和琥珀氣味的關聯，讀者於是了解到，絲柏有永生與常青的意涵，琥珀則是松柏樹脂形成的化石，怪不得歐洲的墓園往往植栽著絲柏，而每一顆琥珀都是凝結的時間。正如佑君寫的，曾經存在的事實並不會改變，永恆，就藏在琥珀時光裡。

——生活風格作家　**韓良憶**

重回自然的凝視

與溫老師的第一次接觸，是在幾年前《性．愛的九種香氣》新書出版的內文中，受邀對於九種藉由五星術的人格詮釋，透過植物的種類選擇以及組合編排，從藝術的角度提出一種在視覺上的思維情感，除了濃烈的專業知識需要抽絲剝繭鋪展開來進行實驗性的美學比對，同時也讓我驚訝於在閱讀字裡行間的細膩以及潛藏無數可能的想像所感受到的啟發。

後來，跟著肯園的團隊來到普羅旺斯體驗一段為期半個月的香氣之旅，座落在Aurel充滿馥郁茂密的植物莊園裡，每天如同修行者般地跟著自然界的時序耕作與歇息，從繚繞的vaison la romaine到規矩排列的Jardins de Salagon，從懸浮於天空的Gordes前往被赭石浸染過的Roussillon，我們在野生薰衣草裡面找到自然界的庇護、假荊芥新風輪菜裡面解決了南法起士食用過度的脹氣問題、菊苣的觸摸下撫平了遲遲未給予回應的期待、絲柏的祝福裡形塑出死亡的寧靜與描繪了生命的原鄉。這些在強調快速與模矩下的規律人生裡逐漸消失的智慧，溫老師卻隨心所欲地使用具有魔力般的語言逐步帶領，讓參與的學員體會、咀嚼，自然、身體、以及靈魂緊密對話的關係，對植物的企盼已經不再只是顏色、形式、方法上的舉證，如同繁星般的真實透過溫老師的牽引，還原具有意識的呼吸，回歸自然的力量以及給予生命中坦然穿透的重量。

「藝術家的接受性絕不能與被動性混淆。接受性是指藝術家保持敏銳的感受，敞開心靈傾聽『有』在說什麼……它是一種主動的傾聽」書中一句話具體的引用，表達芳療的信仰與視野，每一章節敘述的生命經驗以及體會，哲學性的辯證乃至於實際的修復與調整，在資訊氾濫卻感官貧瘠的時代裡，重新凝視我們的起源與回歸自然的擁抱，在書裡的逐字逐句發現自己身體與性靈的存在。

——植物裝置藝術家、質物霽畫負責人　李霽

第五種元素

與溫佑君老師相遇，是驚喜，卻也並不感到意外。一直堅信在人生的某個拐角，總會邂逅這樣的人。

初中時，我從捧讀《花卉畫譜》的花癡，搖身變為園丁。家住醫院宿舍，後面有個大院子。我動手開墾了一塊地，用篾片圍起籬笆，種了黃瓜、番茄、扁豆、南瓜，還有向日葵。慢慢又種了幾十盆花，漸至擴展為一個規模不小的花園。那就是我的秘密天堂，我學會了和花說話，學會了用魚內臟漚製出來的惡臭，去培育茉莉的芬芳。藉由這個流著汗水、淚水的花園，我找到美，找到和大千世界的聯結。

後來兜兜轉轉，也還是回到「與土地談戀愛」的工作；又搬了一次家，從高樓大廈移居古舊的紅磚房，與高大的白玉蘭為鄰。開窗觸手可及，鼻息隱約相聞，它的香氣把我從「日常即死亡」的魔咒中喚醒，清清楚楚地讓我知道「to be」，進而把握「now」。

《琥珀時光》十五篇精緻的文字，亦如窗外隱約的白蘭花香。這些從哲學、電影、繪畫、音樂、文學彙聚而成的營養，經由談植物、談芳療而釋放，每一篇都會勾出你內心似是而非的潛意識，激起共鳴。〈愛的氣味〉，談到盧貝松的電影。由地火風水四大元素構成的地球即將分崩離析，只有找到第五元素，方能逆轉危機。第五種元素是什麼？是愛。「社會交給我們一個充滿犬儒心態和滄桑臺詞的劇本，照著表演就能得到世俗的獎賞，但它的代價是遺忘童真，並且喪失愛的勇氣。幸好自然界裡藏著許多像快樂鼠尾草那樣的能量，乘著它們香氣的翅膀，我們就能徜徉所羅門王的葡萄園，重新體會愛的芬芳。」

幸好有這樣的文字，也傳遞著快樂鼠尾草一般的能量。想起幾年前曾為失眠所困，一個疼愛我的小朋友曾送我一本《精油圖鑑》，事先通讀一遍，大張旗鼓地貼了很多書籤供我參考。今年偶然再翻閱，原來作者就是溫佑君，我和溫老師早已因「愛」結緣。

接到寫序言的任務，背著它東奔西走。細思量，不敢忘，但實在不知何處落筆。回想與書中〈聲音的魔法〉的男女主人翁，曾有過一次共赴普羅旺斯的旅行。某日黃昏，我隨他們尋訪一間中世紀的修道院。修道院座落在鄉間，周邊是起伏的麥浪和大片的薰衣草田。夕陽西下時分，步入肅穆的殿堂，剛好是白髮蒼蒼的修道士們吟誦聖詩的時間。凝神靜聽，不敢稍怠。接著，馬克又唱響了泛音。我突然覺得天地從此可以更遼闊高遠。

旅行途中，行李入水，《植物人格全書》濕了身。我持電吹風，以依莎蘭按摩手法的細心為它逐頁治療，順手翻閱，若有所思。廣州連綿的陰霾天氣極易讓人悲觀絕望。是什麼還能讓人微笑著迎接每一天？有人通過音樂，有人通過寫作，有人通過舞蹈找到他們與生命的聯結。有人通過植物的芳香和力量，一端走向廣袤的自然，一端連通著深邃的心靈。「像煙火一樣，照亮夜空的風景。」

如果你在萬千的書海中，邂逅了這樣的文字；如果你在萬千人潮中，邂逅了這樣的人，還要猶疑打量嗎？請擁抱他。因為那就是你，是你自己，那個被日常的機械生活壓迫、控制，但還想唱出來、跳起來的自己。

——知游文化傳播有限公司董事長、生態旅遊策劃人　陳旭軍

01

尋找一個尚未除魅的地方

我的荷蘭人先生去德國參加堂哥的婚禮，堂哥娶了一位神學教授，所以婚禮上來了一幫子神學家。先生與其中一位閒話家常，交換人生，說起自己在台灣教泛音(overtone singing)。神學家的反應是：「在那樣一個硬派資本主義國家講這樣帶靈性色彩的東西，很難吧！」聽完先生的轉述，胸口像是挨了一記重捶。人家認為台灣人真正的信仰是錢？

二〇一七年九月在上海教完課，快要變成上海人的荷蘭導演請我去吃本幫菜。在出租車裡，我被他跟司機的對話嚇了一大跳。這麼流利的普通話是怎麼學來的？導演開始侃侃而談在上海的挫敗生活。吸血鬼電影始終卡在那裡，動彈不得的大高個兒只能在城市的每個角落轉悠。我為他高興，也替他難過，尤其我們的電影《小玩意》當時還沒得到任何影展的回應。

《小玩意》是被兩個喪禮撞擊出來的。那一年，先生的父親過世，我從北京一忙完就飛去荷蘭。喪禮過後，也才喪母不久的導演來拜訪我們。荷蘭喪禮的徹底理性化給我相當的文化震撼，於是兩個失去至親的人，討論起兩個文化看待死亡的差異。面對死亡的態度其實就是面對存在的態度，而喪禮的「風格」，往往能揭露一個人或一個民族，靠什麼跟世界連在一起。

公公的喪禮可以用「敞亮」兩字形容。不僅場地像水晶球一樣透光，整個告別式也是一派清朗，我先生甚至給兩個孩子穿上橘色襯衫，因為那是Opa最喜歡的顏色。參加這樣的喪禮之後，絕對不會有人需要「除穢」，因為你在那裡感受不到死亡的陰森，無從震怖與驚懼。死者就像一片落葉，從觀禮者眼前飄過，合乎自然，順理成章。

導演母親的喪禮據說也是親切而日常。我還參加過先生一個因憂鬱症而自縊的友人喪禮，簡直就像畫展的開幕酒會，連喪家都不顯淒厲與悲苦。可想而知，荷蘭人不會拍《父後七日》那樣的電影。這不單是因為風俗迥異，更是對死亡及存有截然不同的理解。現代化的心靈多願採行荷蘭喪禮，我也是。然而，我隱隱感覺，那樣理性的喪禮似乎又少了點什麼。

相形之下，台灣的喪禮多麼魔幻。就算是都市的殯儀館，法器經幡，唱咒搖鈴，孝服冥紙，在在提醒你死亡是一件不同維度的事情。我外婆的喪禮上，子孫得應和法師的祝願，當他念到外婆會保庇我們當上立法委員，我忍不住在心裡翻了一個大白眼。隆重也好，荒謬也罷，台灣人對死亡的想像充滿繁複的意象，完全沒辦法化約成原子。

導演跟我提過，在他母親過世那天，他做了一個夢，夢見媽媽來到他床邊，輕輕將他搖醒。醒來後接到父親的電話，告訴他媽媽剛剛走了。他說，那個畫面就「好像」媽媽真的來跟他告別。「你相信那是真的嗎？」我問，他聳了聳肩說：「我不知道。」大部分的台灣人根本不會懷疑他母親是否來過，但點頭毫不猶豫的荷蘭人恐怕不多。

「身後」在現代荷蘭人的腦袋裡，之所以接近一片空白，是因為他們的心靈曾被喀爾文教派洗過一遍。新教否定上帝有任何代言人，否定繁文縟節和象徵，他們要直接跟神對話。但是誰知道上帝要什麼樣的選民？喀爾文教派用剝竹筍的方式下了一個操作型定義：不要牽腸掛肚，不要胡思亂想，理性度日，堅定服事，累積資源，做最有效率的應用。

韋伯的經典著作「新教倫理與資本主義精神」讓我們看到，喀爾文教派的宗教情懷竟然給人類文明孕育出一個無臉男。原本理性算計是要證明自己優秀，上帝才選得到你，但是啟蒙運動之後，人類留下理性算計，送走上帝。有了理性算計，就有資本和科學，有了資本和科學，誰還需要上帝？套句荷蘭俗諺，這是「倒澡盆的水，連小孩也一起倒掉」。

這就是荷蘭喪禮中欠缺的環節。它讓你觸碰不到另一個次元，連想像的空間都不給你。不過這也不是荷蘭人所獨有，現代化的特徵就是除魅，人死即灰飛煙滅，哪來的前世來生？我講課若分析化學結構，學生對精油的效用無不心悅誠服，一提到植物的靈性能量，就會出現心不在焉的面孔。我在香氣中面對的問題，導演在電影裡用光影探索。

《小玩意》裡面有一段戲，清楚呈現這兩種心靈的對比。盧燕在飛機上瞥見大衛拍的七爺八爺，她稱之為神像，大衛則管它們叫puppet（人偶）。神像是超越人類理性的存在，人偶則由人的意志操控。導演讓神像在片中晃來晃去，許多人看了覺得莫名其妙。他為什麼這樣安排？難道不是那個失去母親的男孩希望相信媽媽真的來過床前？

這個地球上當然還有尚未除魅的地方，像是巴布亞新幾內亞的部落，或是達蘭薩拉的寺院，但它們離現代生活非常遙遠。台灣或許是個硬派資本主義國家，很多人卻活在《可可夜總會》的平行空間裡。對超現實無法篤信也無法揚棄的人來說，這兒更能刺激心靈的板塊運動。導演為他自己，也為肯園拍出這樣一部電影，就是一個有力的證明。

02

琥珀時光

八〇年代末，清水建設推出了全世界第一個「芳香建築」，這個日本第三大建設公司因而成為話題焦點。到了一九九二年十月，全日本已有八十個辦公大樓採用這種系統，讓整棟建物自動散放香氣。清水建設的做法，是在天花板內預埋空調管路，透過這些管路釋出八種具有療效的芳香分子，他們將此項發明稱之為「芳療環境擴香裝置」。這些穿透職場的香氣，有的會提高工作者的集中力與機敏性，有的則可消除疲勞、紓解壓力。清水建設進行的測試顯示，當空氣中飄蕩著花香調的茉莉時，資料輸入員在電腦作業中的出錯率可降低三十%；而瀰漫著果香類的檸檬味時，出錯率甚至可減至五十%。

這個案例在芳療界非常出名，以至於當我決定用「香氣與空間」為主題來演繹不同精油的特質，不少人都解讀成是要講授醫院裡該用什麼油、托兒所又該用什麼油，或者書房最宜薰什麼香，而臥室又適合點何種氣味。結果，第一堂課，在聞過各式各樣芸香科柑橘屬的果香後，投影布幕上出現一座看起來像音樂廳的耶穌會新教堂，全場似乎都傻了眼。橘子味的教堂？這是什麼跟什麼？我花了很大的力氣，才撫平這種無厘頭教法引起的學習焦慮，並且漸漸讓那些務實的學生相信：只有在成為重要的審美對象時，植物精油才能展現它們獨一無二的療癒力。因為這樣的審美活動，可以培養出一種類似通感的能力，把我們從扁平狹隘的生存習性裡解放出來。

通感（synaesthesia）又稱作感覺相連症，這種生理條件能使人摸到顏色或是聽見味道！今（二〇〇五）年三月的英國雜誌《自然》，就刊出蘇黎世大學神經心理學家對一名通感個案的研究報告。這位奇人是瑞士的音樂家，她聽到升Fa的音符會看到紫色，聽到Do則會看到紅色；小二度音程會讓她嘗到酸味，大三度對她而言則呈現甜味。一般人以為這純粹是天賦異稟的特例，而不了解每個人都有機會進入不同程度不同面向的通感經驗。若不是這樣，我們要如何解釋「感時花濺淚」與「恨別鳥驚心」？對於一個活生生的人來說，藝術的想像與科學的應證具有同等的真實性。觸類旁通的感受，使我們與世界熱切往來並且緊密交流，使我們不再「念天地之悠悠，獨愴然而涕下」。而它更深的意義是，人從此便可以擺脫功能性的存在狀態。

所謂擺脫功能性的存在狀態，就是「君子不器」，不把自己當作瓶子，也不再把瓶子當作瓶子。這不單是一種立身處世的修養，也是一種養生保健的法門。於是，你可以從一個空間的表情裡，聞出某種香氣的魂魄，然後再用那些裊繞的香氣線條，鉤勒出特定的生命情境。心理神經免疫學(Psychoneuroimmunology)已經證明，這種了悟足以啟動驚人的免疫力。到了這個時代，還以為疾病的成因就只是細菌與病毒的話，恐怕該讓哆啦A夢的時光機送回去與巴斯德作伴。另一方面，如果精油的香氣無法跟建築、詩歌、音樂、戲劇對話，而只能拿來抗痙攣或抗感染，那它也不過是個瓶子般的器具罷了。

我可憐的學生們走過丈二和尚階段，開始對如此幽玄的機轉有一些體會，是在賞析土門拳紀念館時發生的。土門拳被視為日本戰後最重要的攝影家，以其藝術成就而獲頒紫綬勳章。他被故鄉酒田市推舉為榮譽市民，後來就把自己的作品全數捐贈給酒田市，酒田市也因此為他成立了一座

「土門拳紀念館」。這是日本第一個專門展出與收藏攝影作品的美術館，也是全世界唯一的一座個人攝影紀念館。土門拳最有名的作品是「古寺巡禮」系列，拍出來的佛像極為陰沉鬱怒。按他自己的說法，那是因為投射了日本戰時知識分子的困頓。他認為在攝影上若拘泥於瞬間表情，未免太過愚蠢。即使是人像攝影，也是把個人作為歷史的與社會的存在記錄下來。

土門拳受戰前一位英年早逝的攝影家安井仲治影響很大，今（二〇〇五）年二月名古屋才剛辦過安井仲治的生誕百年展。隆冬午後，我走入展場，在毫無心理準備的情況下，看到第一件作品就落下淚來。那幀昏黃朦朧的影像旁，貼著「分離派建築及其周圍」的標題，攝影時間是一九二二年。雖然站在空蕩蕩的大廳內，我卻感覺是行走於大正時期的街道上，瞧著左右路人或著傳統和服、或著正式西服，不能決定自己該做哪種人。與安井仲治邂逅之後，我更明白土門拳的東西為什麼那麼「澀」。他們拍的是琥珀——那些人物、風景，以及他們背後的喜怒哀樂、陰晴圓缺，全都像蚊子屍體一樣被凝斂在相框裡。但只要觀看者有一雙電光石火的眼眸，就能抽取那個時代的ＤＮＡ，還原出《侏羅紀公園》一般盛大豐美的存在。

什麼樣的空間可以呼應如此這般的收攏與深邃？酒田市請來谷口吉生設計土門拳紀念館，他也確實不負所託，這個作品還曾兩度獲得重要的建築獎項肯定。土門拳紀念館的外觀靜謐幽遠，除了有山形縣的群山環抱，建物一側還與大片湖面兩相映照。令人印象最為深刻的，是連結入口與展場之間的一個漫長廊道。廊道左邊有大片落地窗採光，窗與窗之間用廊柱分隔，而且是以由窄漸寬、由緊漸緩的韻律，不等距地拉長你的步伐與視線。廊道的底端也是一大片落地玻璃，遠遠望去只見碧波如洗。在這個廊道裡，如果像能劇演員那樣輕挪移步，更能充分意識到時間的節奏。行至廊道盡頭，雖然還沒轉入審慎陳列著作品的展場，你已經知道，自己將會走進琥珀裡。

我講述這段空間經驗的時候，許多學生的眼底竟然也宛如湖光蕩漾。他們在那堂課聞了好幾種柏科植物的精油，顯然已完全浸淫在時間長廊的氣味中。因為，柏科精油的代表，義大利絲柏（Cupressus sempervirens），聞起來有點近似燒過的琥珀。琥珀原本就是松柏樹脂所形成的化石，燃燒後即可釋出特有的松香。此外，絲柏的種名sempervirens意指永生與常青，自然也會使人聯想到無限延展的時間。就因為這樣，不管是雅典的宙斯神廟、耶路撒冷的聖殿遺蹟，還是南歐的地方墓園，你總能在它們的四周發現絲柏清癯頎長的背影。而年輕時一心想服事上帝的梵谷，也在浪跡普羅旺斯時，畫下《星夜》（*Starry Night*）裡那棵孤寂到狂烈扭動的絲柏。

從上面這些畫面，夠敏感的芳療學生馬上就能嗅出，絲柏與其他針葉樹有著相當的性格差異。一般而言，松科植物的氣味比較昂揚剛強，柏科相對的就比較穩重含蓄。而同屬柏科的植物中，絲柏又比別人更加沉默寡言。野生的絲柏總是離群索居，在微幅升降的緩坡上金雞獨立。只有人工栽種的情況下，你才會看到一列絲柏在站衛兵。那樣的絲柏矗立於麥西穆斯的家門前，構成電影《神鬼戰士》(*Gladiator*)裡的重要場景。當麥西穆斯還是「征夷大將軍」時，每回返鄉總會先在絲柏樹間見到跑來相迎的小兒；然而，掙脫階下囚之身逃回家後，在絲柏樹間遭逢的，卻是剛被羅馬鐵騎踏穿的孩子。本是幸福家園的象徵，偏又奏起英雄末路的序曲，絲柏正是波瀾人生的不朽見證。所以，在麥西穆斯苟延為奴與從容赴死之際，我們都看到那兩排高大肅穆的絲柏，出現在他恍惚的意識中。

這樣的植物，能教給我們等待的美德。這裡指的等待，並不是消極被動，而是體認與奉行《舊約．傳道書》裡說的「生有時，死有時，栽種有時，拔出所栽種的也有時」。工業革命與科技發展讓人類淡忘了這個準則，我們對於四季的楊桃和施打荷爾蒙快速生長的肉雞已經司空見慣，而寵物死後還能再複製一隻來音容宛在的願望，也已經有人實現。在這種時代氛圍之下，要一個人接受「萬事均有定時，勞碌無益」，簡直是甘冒大不韙。可是，做尼采的超人是要付出代價的，當個人的意志無力超越自然的限制時，你就會看到精神分析醫師的躺椅座上客常滿，而腸躁激、過動兒、蕁麻疹就像感冒一樣平常。

要治療這種集體心理疾病，我們必須把生命放進一個更大的脈絡中，重新學習荀子所謂的「與時屈伸，柔從若蒲葦，非懾怯也」。而能夠引領我們走入時間長廊的絲柏，對於更年期婦女的問題特別有幫助，實在頗堪玩味。在老祖母們的年代，更年期問題幾乎是聞所未聞。那個時候，沒有一個中年婦女會覺得被稱作「歐巴桑」是一種侮辱。但今天的都會女性即使年過半百，也被暗示最好能跟珍．芳達一起做健美操。更年期本是一個自然的生命階段，只有在執迷青春的社會裡，它才會召喚出恐慌與抗拒，以及相關的心身症。有些法國醫生認為，絲柏能安撫更年期婦女的臉潮紅、盜汗、失眠、陰道乾澀等苦惱，是因為它含有作用類似雌激素的淚杉醇和長生醇。然而，若是聞過它琥珀般的氣味，你就會知道，那並不是全部的答案。

絲柏算是很尋常的精油，我對它太過熟悉，熟悉到有點感覺麻痺，直到去參觀義大利建築師卡羅．斯卡帕（Carlo A. Scarpa）的名作「布里諾家族墓園」。那段期間，我處在一種患得患失的狀態，動不動就沮喪不已。在墓園碰到一個來掃墓的老人，他換上鮮花，凝視墓碑上的照片良久，看得出腦海裡有更多的畫面。當他發現有個東方人呆望著他，便朝我走來，咕噥了一大串義大利語。雖然無法產生任何交集，他還是留下一個包容一切的微笑，然後緩緩踩著腳踏車離去。墓園前有一條窄長的絲柏之路，我經過時採下一小截枝葉，用指尖揉碎來聞。聞著聞著，突然明白：所有可能必須放棄的努力，其實和那些墓碑上的照片一樣，就算消逝，也不會改變曾經存在的事實。因為，人們心心念念的永恆，就藏在那些琥珀時光裡。

03

台北的小巷花香

‧‧‧‧‧

脈脈含情地招搖

好幾次在尋找咖啡館的時候，都被螯蟹百合的香氣攔下來。插花的人管它叫蜘蛛蘭，兩個名字都很象形。這花是如此的纖弱細長，總讓人以為它是不堪暑氣蒸騰而披頭散髮、垂頭喪氣。其實它來自西印度群島，耐溼耐高溫，然而養在城市的沙龍外頭，外表看起來可不怎麼體面。雀屏中選的原因，一定藏在它那曖昧的香氣裡。

要辨別螯蟹百合的香氣，並不是件容易的事。隔著空氣飄過來的味道，像是替別人代收的ＵＰＳ急件，隱隱透著重要的訊息，卻無法拆解。雖然也叫百合，它和常在飯店大廳盛裝迎賓的香水百合不是一家人。真正跟它有血緣關係的石蒜科植物，像是水仙、晚香玉，也都以影影綽綽的暗香浮動聞名，但那還是不能說明螯蟹百合與咖啡館的相合性。每回停下腳步，隔著落地玻璃偷瞄巧笑倩兮的蛋白質女孩和猛攪咖啡的膽固醇男孩們，我就很期待謎底揭曉。

終於，在跟一位友人喝完心理分析咖啡之後，我嗅出了一點名堂。朋友的故事和他點的cappuccino一樣撲朔迷離，再怎麼理性的腦袋，也沒辦法把它還原成espresso般苦澀而明朗。走出被空調冰封的咖啡館，我沮喪地把鼻子埋入庭園的一株螯蟹百合裡。奇妙的是，以往那團面孔模糊的芳香迷霧，瞬間聚成了一個眉清目秀的輪廓——香草！螯蟹百合的味道就像香草！我開心的想放鞭炮，完全忘記一個晚上被疲勞轟炸的苦惱。

聞起來像香草，就意味著香草素的存在。香草素是一種苯基醛類的芳香分子，德國的生物化學家確認它有抗黴菌、助消化和消除焦慮的作用。我從自己的芳療經驗裡發現，凡是那種「穿西裝打領帶的小男孩」，那種望之儼然而內心蠢蠢欲動的個案，無分男女，都喜歡被香草擁抱。這個氣味可以穿透個人形象的防線，安慰一顆顆被狂想焗烤的心。它讓你重溫人生的第一口冰淇淋，接受「我想要故我存在」的正當性。

所以，那些種著蟹蟹百合的咖啡館，是不是想藉它的香氣召喚渴望對話的靈魂？那些來到咖啡館裡暢談與傳情的人們，會不會察覺到，在這股無以名狀的香氣籠罩下，他比平日更能聆聽旁人與吐露自己？就這樣，蟹百合的姿態映照著我們瘦弱的矜持，而它靜靜散逸的芬芳，則呼應著這個城市真實的心情，脈脈含情地向四方招搖。

藏在空氣裡的記憶

台北人安排植栽的方式，就跟他們選擇投票對象一樣，充滿想法，但沒什麼邏輯。這種現象在老公寓的巷弄裡更為明顯。擠在窄小院子與歪斜頂蓋上的，和爭相穿過鐵窗或蠻橫侵入車位的，盡是一幫風格互異、各唱各調的綠衛兵。所以清雅幽深的玉蘭身邊，可以緊挨著一棵熱鬧慷慨的芒果，而法相莊嚴的龍柏兩旁，居然有閃亮三姊妹似的五彩辣椒作伴。只要你不是極簡主義的信徒，在這個城市深處散步，保證能得到拼貼的樂趣。

除了體驗台北的活力，小巷還可以聞到歷史的軌跡。前幾日在和平東路的巷子閒晃，靠著一縷意外的香氣牽引，當下我又變回一個清湯掛麵的中學生。那個時候讀著知名女校的音樂班，同學裡有個高官子弟，我們常在等待補習的空檔，泡在她家看書、吃點心。有一次嘗到一碗奇怪的甜湯，在彩霞般的絲狀蛋花下面，載浮載沉著幾片雲朵。「這是曇花，又叫月下美人」，同學優雅地向我們宣布。從此以後，曇花就跟她家滿壁滿櫃的外文書籍，和她那態度和藹但遙不可及的父親，一塊兒在我的記憶裡散放著高貴的香氣。

當年一起吃點心的少女，如今都已成為高官夫人、大學講師和駐外記者，曇花爸爸則在前不久的新聞裡因為重大弊案丟官，而且官司纏身。那個晚上再次聞到久違的曇花時，我也聞到了時代的更迭與變遷。曇花的淡遠縹緲，和桂花的寂寂自飄香一樣，面對面時你毫無知覺，往往是走開一段距離以後，才被那若隱若現的香氣鉤回。它們含有一種倍半萜酮類的珍稀芳香分子——紫羅蘭酮。除了能營造驀然回首的效果，紫羅蘭酮還可以癒合皮膚與心靈上的傷疤。臨床上，芳療師常拿富含紫羅蘭酮的精油，處理那些因為縈繞不去的過往而失眠，或導致皮膚過敏的個案。就像翻到多年以前的日記，這種香氣提醒我們，過去和現在一樣真實，改變的只是閱讀的自己。

蔣勳先生寫過一篇文章，感歎台北的地貌和建物留不住過往的痕跡，是個「沒有記憶的城市」。可是掌管人類記憶與情緒的腦部——邊緣系統，同時也是處理嗅覺的老貨倉。這就暗示著，我們最深刻原始的記憶都和氣味有所連結。一旦再與某個氣味擦身而過，昔日的點點滴滴就會倒海翻江地湧上來。所以對我來說，台北不是一個沒有記憶的城市，它的記憶全藏在稍縱即逝、但又來回飄蕩的各種氣味裡。

無法冷卻的熱情

被周杰倫唱熱的七里香，在仲夏跟著蟬鳴一起響徹大街小巷。七里香本名月橘，原是這個城市任何一個角落都能碰到的圍籬植物，不過，它的香味可不像那首歌一樣柔靡慵懶、欲迎還拒。這種元氣小花總是簇擁成團，濃烈而堅定，一到花季就密密實實地撒開香氣之網，只要踏進花叢百步之內，再駑鈍的鼻子也沒有逃脫的機會。那種感覺和陷入情網簡直一模一樣！

七里香其他的芸香科親屬，不是馥郁甘美一如紅桔、甜橙，就是潑辣剽悍好比花椒、芸香，絕對不默而生。七里香在群芳譜裡的鋒頭也很健，拜吲哚之賜，有人甚至拿它跟茉莉相提並論。吲哚是一種含氮化合物，百分之百的濃度下，會產生排泄物似的甜膩腐臭，唯有在比例極低的時候，才能施展勾魂攝魄的魔力。含氮化合物還有一種奇特的稟賦，它會讓植物「動物化」，所以開著花的七里香，很容易引動我們的一些「本能」，同樣含有吲哚的茉莉便是因此而被貼上催情的標籤。

幾年前，一位日本芳療師來台北做交流演講，工作結束後，我就帶著她四處逛逛。那時正好也是這些小白花怒放的時節，她對七里香一聞傾心，特地問明漢字的寫法和意思。等我們繞到通化街夜市，眼尖的她發現一個攤子，瓦楞紙板上竟彆扭地標示她剛學會的漢字。我這個臨時的中文老師，結結巴巴不知該如何解釋：難道對台灣人來說，雞屁股和月橘是一回事？

這個問題被當作尷尬的笑話，直到今(二〇〇八)年春節才被許純美點化。那段期間卡在一片荒漠的摩洛哥，所以沒趕上這檔荒謬劇，所有讀不通的情節，只能靠同事「翻譯」給我聽。少了視覺的刺激，反而像盲人一樣觸碰到事情的另一個面向，原來學佛的許純美與通姦的許純美是一回事，就像月橘和雞屁股是一回事。以此類推，政壇大老跟草根主持人是一回事，慈濟師姐和檳榔西施也是一回事。身在此山中，只能看到衝突與矛盾，跑到另一個星球回頭望，才發現它們都是一個新興島嶼無法冷卻的熱情分身。

下次再聽到人家憂慮台灣，我一定要請他去聞一聞七里香。它跟蟬聲一樣喧嘩，跟汗水一樣黏膩，跟豔陽一樣刺眼，跟我們的電視節目一樣誇張。這樣生龍活虎的香氣向世界送出了一個明確的信號：這塊土地上生長的，是特別粗壯的生命……

04

可溶解的魚

一個多月以前我到義大利旅行，途中曾下榻一處有名的design hotel（以設計風格取勝的精品旅館）。一辦好入住手續，同行的朋友就忙著穿梭彼此的房間，對那種充滿時尚感與前衛性的空間配置讚歎不已。由於被分到比較遠的房間，沒人跟來參觀，即將獨享的驚奇令我更為雀躍。打開房門後，先去「考察」浴室，與室內照明一樣閃閃發亮的眼睛卻瞬間黯淡下來——沒有浴缸！怎麼會沒有浴缸？那感覺就像分到一塊沒有櫻桃綴飾的巧克力蛋糕，再怎麼好吃都少了一個味道。

第二天向團友提到這個遺憾，她們很禮貌地回以同情與不解：「這樣啊！你一定要泡澡啊！」我當場變成小丸子的爺爺，頭上還頂著一塊日本人泡湯專用的方巾。都市人是不泡澡的，旅行的時候尤其不泡，淋浴則代表了衛生與效率，是現代化的象徵。因此，每次教到如何用精油泡澡時，總會聽到幾個微微透著自豪的聲音說：「可是我家沒浴缸呢。」表面上看來只是生活習慣的不同，但那種不自覺的優越感使你意識到，一個人選擇怎麼洗澡，可能跟他如何安身立命有關係。

如果只是為了清潔身體，確實單靠淋浴就足以達成任務，所以泡澡的意義一定不僅止於「功能性」。古英格蘭人習於撿拾歐洲赤松的松針或刮集它的樹脂，然後加入熱水中泡澡，這會使所有的苦悶重壓與消極抑鬱從體內流瀉出來，身體與心靈便可以一起得到淨化。這類民俗能發揮作用，除了有歐洲赤松激勵腎上腺的藥學屬性推波助瀾，基本條件仍建立於「浸泡在水中」。因為，水不僅是洗滌的工具，更是一種神奇的媒介。許多實驗都顯示，水可以轉寫、記錄或反映它所接觸者的能量，無論這對象是礦物、植物，還是人。比方說，把果皮浸泡在水中，原本果皮內有益健康的振波就會全數發散到水中。近年來逐漸博得醫療界重視的花精，也是把各類花卉浸泡在水中以釋出精魄，然後藉著那分析不出有其他物質存在的水，療癒了各種棘手的心身症。

更不可思議的是，日本人在千禧年前後出版了兩大本水結晶圖冊，證明水會依不同載體而呈現「近朱者赤，近墨者黑」的結晶圖案。那些因為水源污染或接近電腦、手機便扭曲變形的水結晶，揭露的還只是環保、養生之類的下層建構；但傾聽〈田園交響曲〉而花團錦簇、或靜聆〈傷心酒店〉即碎成兩半的結晶，以及貼了「喜歡」字條就細緻可愛、與黏上「討厭」字條便單調空洞的結晶，折射出來的已不是一般習以為常的大千世界了。在那個超上層建構中，水是宇宙的一股流動意志，而我們，則靠著被它浸潤穿透，得以和宇宙結為一體。

因此，基督教的受洗，是要信徒整個人浸入水中，而不是舀一勺聖水醍醐灌頂，英國甚至還在一六四四年發展出一個強大教派「浸信會」。浸浴的這種儀式性特質，中國人在更早的三千多年前，就有了淪肌浹髓的體悟。當時的人們，會在農曆三月六日那一天，跟隨女祭司到河邊進行除噩避災的儀式，而這個儀式的具體內容就是芳香泡澡！《周禮．春官》記載得很清楚：「女巫掌歲時祓除、釁浴」，「釁浴」不是一般的泡澡而已，「謂以香薰草藥沐浴」。這種做法之嚴肅隆重、意味深長，已經超越了西方醫學之父希波克拉底所訓示的「保健之道，在於每日進行一次芳香泡澡」，否則千辛萬苦才搶到齊國國君寶座的桓公，不會拿它來禮遇曾幫著兄長跟自己爭王位，而且幾乎一箭射穿自己咽喉的管仲。

這個「三釁三浴」的典故雖然從此流傳千古，成為以寬闊胸懷盡釋仇隙的象徵，但它的實質內涵卻漸被淡忘。或許這正是後世政爭中再也不見如此風範的緣故，「釁浴」的原貌也因而更值得探究。「釁」字的本義，是把獻祭動物的血，塗在祭神的廟竈上，是個動詞。同樣是意欲跟神祇對話，塗血於器皿卻漸漸演變成塗抹芳香的油脂在自己身上。這種芳香油脂的製法，是把芳香植物浸泡在植物油中，等芳香分子完全被油脂吸附以後，便濾掉植物備用。即使現在已無從考證這類儀式都用些什麼芳香植物，但所有的芳香分子，無論是酮、醛、酯、醚……都能安撫大腦內專門蓄積害怕與憤怒情緒的杏仁體（Amygdala）。所以，這些香氣必定讓管仲在來回三次塗油泡澡的過程中，慢慢釋出了滿腹的疑懼；而齊桓公在迎接一身馨香的昔日寇讎時，必定也在氣味的催化下，漸次消解了難抑的怨恨。

「釁浴」的重點還有一個浴字。我們常常沐浴並稱，其實沐乃洗髮、浴為洗身。甲骨文與金文裡的浴字，看起來就像一個人在大盆內泡澡。泡澡的時候，人會進入一種溶解狀態，與淋浴時飛瀑而下的沖刷感大不相同。所謂「可溶解」soluble，它的拉丁字根solvere有釋放、解脫、鬆手的意思，很能說明泡澡時精神上的主動性。不像淋浴時，塵埃是被無意識地帶離；泡澡之際，塊壘總在你意識中浮現、而後消散。這種溶解狀態，使我們的身體宛如寧靜月夜的海灘——緩若圓弧的浪裙，一波一波在肌膚上進退，舊的悔恨哀傷溶去了，新的粗沙磨難又湧上來。於是，身體學會任由人生之浪潮滌蕩，知道真正的魔障只在不肯放手。

有一個佛經裡的故事，也頗能開示泡澡不是只有促進血液循環、幫助放鬆的「機能」而已。原來佛祖有弟子十六羅漢，他們常住世間為眾生做福田。《楞嚴經》卷五提到，十六羅漢有一次入室沐浴，排第六位的跋陀婆羅

(Bhadra-pàla)脫衣入池後，突然悟出那池水「既不洗塵，亦不洗體」，要尋得本我存在，只在「中間安然，得無所有」。跋陀婆羅從此被尊為賢護菩薩，以往中國佛寺內的浴室常供奉他的塑像，僧人每逢月九，都要來到賢護菩薩像前誦讀《心經》消災。而跋陀婆羅最初以水證得圓通，不也是由泡澡的溶解狀態(soluble state)得到的解答(solution)麼！

羅漢泡澡而成佛，天神泡澡又是為何？我們在《山海經》裡讀到，東方殷民族奉祀的天帝——帝俊，常常到一個叫從淵的水域沐浴：「南旁名曰從淵，舜之所浴也」，舜就是帝俊在人間的化身。而帝俊的兩個妻子，羲和與常羲，分別為他生下十個太陽與十二個月亮，這些太陽與月亮要輪流升起當職，出發前，母親一定先讓祂們泡澡：「有女子曰羲和，方浴日於甘淵，羲和者，帝俊之妻，生十日」，「帝俊妻常羲，生月十有二，此始浴之」。知名的神話學者袁珂對此也深感好奇，猜測或許有祓除之意，但是日月天神哪裡需要祓除呢？祂們既無災噩，又無罪愆，如此殷勤泡澡，究竟要洗去什麼？

對於太陽系的子民來說，旭日東升與月上西樓，永遠都能帶給他們鼓舞與慰藉。但真正教人驚奇的地方是：這麼重大的事件，每天都在發生！就像郝思嘉在《亂世佳人》最後說的那句名言：「不管怎麼樣，明天又是一天！」只要等到太陽帶著如凍結烈火的金光灑向大地，再平淡的生活或是再艱困的處境，都會融化在希望的光暈中。日月賜予人們重生的救贖，然而，日月又從哪裡獲取更新的力量？祂們日復一日、夜復一夜地照見這個世界的殘酷、無情、愚昧、苟且，怎麼還會有信心與勇氣持續爬起？這個時候，總是母親有辦法讓孩子不放棄。她為祂們洗去蒙塵的眼睛，讓祂們在泡澡時溶解硬化長繭的心房，太陽與月亮才會在每一天都像第一次升起一般，放送出明晰無邪的光芒。

孔子對泡澡想必有同樣的體會，所以才會特別欣賞以徜徉沂水為願的曾皙。朱熹也在註《解論語・先進篇》這個知名的章節時，盛讚曾皙「胸次悠然，直與天地萬物上下同流」，有別於子路、冉有、公西華的「規規於事為之末者」。跑到溫泉區泡澡，要比立志整軍經武或投身理財外交的境界更高，這恐怕不是把洗澡當成例行公事、視泡湯為休閒娛樂、甚至覺得淋浴比較高級的現代人能夠想像的。當曾皙暢談自己想在晚春時節，領著大大小小青年，換下厚重冬衫，帶著比較輕薄的春衣出遊，到魯城南郊泡浴乘涼、吟詩而歸，他並不是突然變成了道家。實際上，「浴乎沂」所帶來的，是苟日新、日日新、又日新的動力。沒有那種如日月出浴的覺悟，怎麼可能在那個禮崩樂壞的時代堅持淑世的理想？

西方人泡澡，一樣能泡出「知其不可而為之」的氣魄。以色列的馬薩達（Masada），是猶太人在羅馬人圍城下仍寧死不屈的歷史聖地。希伯來大學的依果．亞丁（Yigal Yadin）教授在一九六三至一九六五年之間，又從當地挖出了希律王的宮殿遺蹟，因此馬薩達也成了重要的觀光景點。規模完整的遺蹟十分雄偉，遊客參觀時莫不嘖嘖稱奇，而令人印象最為深刻的，是他們以艱巨無比的浩大工程，在這曠野枯漠建立起貯水系統與羅馬式浴池。站在陡峭險峻的山頂，俯視對岸藍得刺眼的死海，我覺得那個羅馬式浴池給人的感受，比全城人集體自殺更為悲壯。還有什麼比在沙漠中泡澡，更能展現對抗生命之荒涼的決心？那股決心也讓猶太人歷經千年之後，硬是回到了黃沙飛揚的故土，灌溉出一個「流著奶與蜜之地」。

這些泡澡的經驗，對現代人來說似乎沉重了點。所以他們寧可選擇速簡迅捷的淋浴，只要在水柱下發個一會兒呆，便可全身而退，不會吹皺也不必攪亂一池春水。但還是有一些人樂於做一隻可溶解的魚，藉著化簡為繁的沐浴程序，游回生命的原點。我不會忘記自己心愛的天竺鼠死去的時候，哭軟了手腳卻還塗了永久花精油去泡澡。然後，血液凝結的心臟，就像初夏的荷花一樣，一瓣，一瓣，慢慢綻放。後來我又養了兩隻天竺鼠，等牠們回到天家以後，又養了兩隻天竺鼠，甚至把牠們調教成喜歡泡澡的小鼠。一個人選擇怎麼洗澡，跟他如何安身立命有關係，真是一點不假。

05

異化的身體

．．．．．

最近，同事間流行著一種魔法按摩，施作者是一位年過半百而仍維持花容月貌的奇人。這位女士深通經脈穴位之理，苦心琢磨出一種精湛的手法，據說能讓人瞬間回春，甚至連骨架都可以隨心所欲地調整。去做了療程的幾位同事，真的開始千嬌百媚起來，連生產過後的鬆弛陰道都回復彈性。此等神效不由得你不怦然心動，但仍有人始終鼓不起勇氣加入這項身體改造工程。因為，那實在太〜痛〜了！看著全身瘀傷幾近鼻青臉腫卻仍前仆後繼的同事們，我不禁開始思索疼痛的意義。

要忍受疼痛並不是什麼做不到的事情。由於對生物反饋和冥想技巧的研究，現代科學已經可以解釋，何以有些印度瑜伽師能躺臥滾燙鐵板而怡然自得，或是像我們的乩童那樣赤腳上刀梯而面不改色。至於因為宗教、政治理想而挺住酷刑，或者天生英雄氣概而邊下棋邊刮骨療毒的，也都源自同一個生理事實：只要許它一個未來、給它一個好理由，我們的大腦就能製造足夠的腦內啡。這種蜜糖一般的神經傳導物質，會團團圍住產生痛感的細胞受體，使它接收不到「痛苦的訊號」。運用同樣的原理，主流醫療界開始學著用催眠與針灸代替傳統的手術麻醉，鼎鑊甘如飴也不再是一代名臣的專利。

是什麼樣的好理由讓人們甘願忍受按摩時的疼痛？其實按摩的流派眾多，各有各的理論和作用，並非所有的手法都會帶來錐心之痛。但亞洲地區盛行的按摩比較特別，它們基本上都以疏通經絡、理筋整骨為訴求，像是推拿指壓、泰式按摩等等。無論其治療哲學多麼博大精深、療程後的效應多麼立竿見影，受作者在這類按摩中的唯一感受，就是個痛字。有意思的是，大家不但樂於接受這種折磨，甚至還認為愈痛愈有效。可是，德國醫生早在一八九九年就已提出所謂的「安德特—舒茲法則」(Arndt-Schultz Law)，他們發現，輕微的刺激可以增強生物系統的功能，而強烈的刺激卻會適得其反。就拿日本觀光客趨之若鶩的腳底按摩來講，這個手法的「酷虐」程度，已經到了被綜藝節目拿去當整人遊戲的地步。不過我在羅馬的腳底反射研討會上碰到吳若石神父時，他卻表示以前的做法讓大家太受罪，現在才知道不必那麼痛也能達到效果。可見，疼痛不一定是按摩的必要之惡。既然如此，這種對於痛的信仰就更令人好奇——我們究竟是怎麼看待自己的身體？

我第一次去香港授課時，就領教了這種獨特的身體觀。有個學生在人聲鼎沸的尖沙嘴開了家生意興隆的美容沙龍，下課後堅持要請年輕的老師去她店裡「消除疲勞」。我雖然一向對這類按摩敬謝不敏，因為不忍辜負學生的熱情，便還是硬著頭皮躺上按摩床。當時的感覺是，好像被火車輾過去！撐不到五分鐘，便已經青筋暴露、冷汗直流。陪著一同前去的其他學生看了，忙勸按摩師別再使出平生絕學。沒想到看起來人情練達的老闆娘笑了開來，直爽地撂下一句：「這麼點痛都受不了，怎麼在這個世道生存？」聽到如此饒富哲理的警句，當老師的自然不能不咬緊牙根撐下去。

難道真是因為艱困的生存記憶，讓這片土地淬礪出以痛為尊的老靈魂？而且，就算疼痛的確是效果的保證，按摩就只能講求「療效」而非讓人受苦不可？本來，通過不同的神經末梢感受體，觸覺可以讓我們經驗一個立體而多層次的世界，可是在唯痛是尚的按摩中，我們變成只有裸露神經末梢在運作的動物，我們變成了「單向度的人」。是這個扁平化的傾向讓人憂慮，而不是擁抱疼痛令人懷疑。換句話說，偏好疼痛的按摩不算怪異，但一個手法不會給你痛感便受到否定，這才是個大問題。

為什麼只有「痛」的感覺，是被允許或視為正當的？人為什麼要逃避在按摩中經歷其他感受的自由？這個問題背後的真相可以從另一個角度挖掘出來。我們的政府立法規定明眼人不得從事按摩工作。這條表面上看來保障了弱勢族群福利的法律，不僅違反憲法第十五條的人民有選擇職業之自由，也剝奪了一般人充分開發並理解觸覺的權益。更重要的是，它暴露出這個社會對於身體的真正看法——身體是不該被「看見」、不該被感知的。因為，在一個不鼓勵觸碰他人的文化中，這些動作和感受，常會跟性暗示混淆在一起。由於疼痛令人關閉所有其他的感官知覺，所以產生痛感的按摩，便因為符合上述的社會期待而成為主流。這種身體觀跟苦難的歷史毫無關聯，它突顯出的集體態度是：我們擁「有」身體，但我們不「是」

存在於身體裡。

是這種生存情境的分別，使這個社會不懂得欣賞不痛的按摩。「有」(to have)和「是」(to be)的生存情境有什麼差異？舉例來說，要學生把青蛙抓來解剖、背下它的構造和器官名稱，是一種「有」的生物課；而讓學生從蝌蚪開始觀察青蛙的生長歷程，同時記錄周邊生態環境的變化，學習從它們的叫聲辨別品種或雄雌，是「是」的生物課。又比如，去吃到飽的餐廳裡橫掃各種食材，是一種「有」的吃喝習慣；而到只供應當季蔬果、沒有固定菜單的鄉土料理店，每上一道菜，都可以同時聽到那雞是怎麼養的、茭白筍是怎麼種的，則可浸淫在「是」的飲食文化中。

從這個脈絡看過來，你才恍然大悟，為什麼人們會違反生物本能地迎向痛徹心扉的按摩。那些人並不是活在當下(否則豈不是痛不欲生)，他們在等待被疼痛救贖的未來(只追求療效)。身體被當作一個目的導向的工具，而它本身的存在則不具意義。因此他們不想在按摩中感受自己，身體不過是病痛或麻煩的載體，忍受疼痛就是為了擺脫問題。這具軀殼簡直就成了奧古斯丁筆下的人類之城，你千萬不要期待在其中領受上帝的恩寵。所以，這樣的人做按摩是為了「有」一副動人的胴體，或是「有」一個不會僵硬的頸肩，乃至「有」一個晚上的好眠。不然呢？按摩還能做什麼？

我想起第一次接受依莎蘭按摩的經驗。位於加州太平洋岸溫泉區的依莎蘭中心(Esalen Institute)，就像是我們這些芳療師的麥加。要去接受依莎蘭中心的肢體訓練老師按摩前，我腦海裡充滿對各種高深技巧的憧憬。結果，兩個半小時下來，這個老師大概只用到一個入門的基礎手法，長推。但是這麼一個簡單的手法，卻讓我體驗到前所未有的身體感。當時覺得，自己彷彿「是」一隻在淺海漫游的海星，背部讓順著海潮搖曳的海草來回輕拂，每一隻觸角也都被穿透海面的陽光細細親吻。我從小懼水，始終學不會游泳，可是在那次按摩裡，我很清楚地意識到一隻水中生物的樂趣，我的生存體驗擴大了，與這個世界也有了更深的連結。

因此，按摩應該是藉著喚醒觸覺，堅定並豐富我們的存在感。就像德國詩人里爾克（R. M. Rilke）的詩句：「對他而言，身體是無以名狀的感動，不屬於未來，而是單純、謹慎地存在於此時此地」。所有感官知覺的目的，本來也不過如此。作為美感來源的觸覺，並不會降低它的療癒力。受到溫柔觸摸的早產兒，發育速度比未受按摩的寶寶快一倍。缺乏觸摸，則可以讓靈長動物造成腦部傷害。沮喪的時候，下視丘會釋放皮質荷爾蒙釋放因子（CRF），在自殺者的腦脊髓液中，CRF比常人高出十倍，但一個宛如擁抱的舒緩按摩，就可以降低CRF的濃度。只有當我們了解，我們「是」誰，這個世界「是」怎麼一回事，真正的療癒才會發生。

有一部取材自真人實事的電影《拉芮米研究》（*The Laramie Project*），

其中的一幕正足以說明開放知覺的療癒力。故事是有關一個同志大學生被厭惡同性戀的惡少毆打致死，引發了美國社會的不安與反省。當被害人的父親向法官發表一篇聲明，願見被判死刑的嫌犯減為無期徒刑，他提到自己的兒子雖被殘忍地對待，綁在荒郊任憑生命流逝，但「他並非孤伶伶一個人」。陪伴著這個男孩的，是他一生的朋友——閃爍著星光的夜空、溫暖了大地的旭日、懷俄明州秋天冷冽的空氣，還有鼠尾草灌木叢與披雪松林的氣味，以及，無處不在的懷俄明風聲……這一段了不起的講詞使我們領悟，當一個人能體察充滿差異與變化的環境時，他才能學會包容跟自己不一樣的信念與生存方式。倘若我們箝制感官、壓抑知覺，又怎能如其所如地觀照這個世界？

所以，一場有意義的按摩，不但不該用疼痛封殺我們的知覺，更要鼓勵每一個細胞跟自己對話。按摩最美好之處，在於幫助人們重新發現自己。秉持這種信念的芳療師，因而常會從接受她按摩的個案那裡聽到這樣的驚歎：「啊，我現在才知道我有一雙腿」、「好像在陽光普照的草地上打了個滾」、「跟老鷹一樣在天空翱翔」、「被雲朵包裹了起來」。每一個打開感官知覺的人，都會像這樣地充滿詩興與想像。因為生命和宇宙的格局，原本就像詩一般令人瞠目結舌。有哪一個科學家在面對DNA的雙螺旋結構，或是麒麟座的疏散星團時，不會產生同樣的悸動！

如果你羨慕鼹鼠可以用口鼻感受土壤中最微小的騷動，鴨子能用喙部偵測水面一絲半毫的波動，你就該高興，我們手腳真皮的深處，也有同樣靈敏的觸覺感受器：帕奇尼氏小體。只要不「打壓」它們，你我的身體也可以捕捉到很多訊息。培養或是恢復這種感受力，將使我們的身體有機會防微杜漸，而不必等到一敗塗地才用激進暴力的手段予以整治。是這種敏銳的感受力帶我們進入天人合一的狀態。若不是因為這種感受力，我們也不會惆悵地發現：原來異化的生活來自於異化的身體。

06

霧中行舟

· · · · ·

「準備好了就開始！」

我雙手抱胸，低聲宣布。每張按摩床前的芳療師緩緩就定位，像樂團指揮一樣地舉起手臂，視線也如同盯著樂譜架般地投射在按摩床上。毛巾覆蓋的人體，對芳療師來說，就是一首未知的樂章，她靠觸覺讀譜，然後用自己的身體演奏。是的，按摩並非服侍人的工作，而是一場與受作者身體唱和的樂舞，至少在我們的按摩課裡是這樣的。而這些泰半具有大學學歷的芳療師，即將要接受依莎蘭按摩手法的考試。依莎蘭按摩被她們當作一個里程碑，能做依莎蘭按摩的芳療師，就像能跳吉賽兒的芭蕾伶娜（雖然就其意涵與影響而言，依莎蘭按摩更像鄧肯〔I. Duncan〕的現代舞）。所以不光是受試的芳療師們如履薄冰，「旁聽席」上還坐了兩排一樣戒慎恐懼的觀摩同學——她們究竟能做出什麼樣的依莎蘭來？主考的我比誰都要緊張。

但是，她們一出手就讓我的期待落了空。依莎蘭按摩與其他按摩的差異，從開始便令人印象深刻，因為，它是由按摩毛巾起的頭。所謂按摩毛巾，其實就是隔著毛巾撫觸受作者的身軀，而不像一般按摩那樣立即翻掀、直擊。每一個人的身體都是他的城堡，從社會化的過程裡，人不斷鑿深護城河、築高箭垛、增厚城門，以隱藏住在裡頭的靈魂。人們不明白的是，在獲得安全感的同時，他也囚禁了自己的自由。依莎蘭按摩是最能突破這種困境的手法，所以它從這層具體呈現隔閡感的毛巾開始按摩起，提醒受作者，他和這個世界是有距離的。毛巾是一種象徵，象徵同時阻斷人向外與向內連結的那道牆，他自己的身體。

因此，芳療師的手應該做出斥候的表情。她必須泅泳過城塹深溝，攀岩探壁，偵察任何可能的縫隙，好潛入靈魂的秘道。但此時芳療師的手都只在平面上滑動，彷彿眼前的萬仞高牆並不存在。如此一來，受作者或許可以獲得安慰與呵護，但他將意識不到那個界限。一個人如果感受不到自己的界限，也就無從超越那個界限，不管再怎麼按摩，他的身體仍是一座固若金湯的堡壘。僅有一位芳療師動作比較「立體」，她是裡面最資深的Gloria。Gloria表現出登山家的冷靜與審慎，看她的手形，你會覺得毛巾下面是橫亙千里、地勢起伏的崇山峻嶺。受到如此對待的受作者，才有機會開始思索自己生命的厚度，以及身體在其中所扮演的角色。

為什麼其他芳療師做不出這種感覺？因為教她們的學姐，甚至教她們學姐的美國老師，都不曾跟她們討論依莎蘭按摩的意義。其實，一般人教按摩或學按摩，是不會去討論「意義」的。而尋求按摩慰藉的客人，更不會想到按摩還有什麼「意義」。但是，少了這一層意義，芳療師就成了徒具工具理性，而喪失價值理性的工匠，按摩也不可能成為一門藝術。意義的獲取，不一定靠傳授而來，只要處於活潑流暢的身體狀態，都可能憑藉想像力與直覺追尋。所以，同樣沒聽過依莎蘭按摩的意義，Gloria還是做得出那麼層次豐富的動作。對身體工作者而言，做得到自然比說得出更為重要。

依莎蘭按摩緣起於六〇年代的美國舊金山近郊。那是個反戰的年代，人權運動的年代，巴布・狄倫的年代，存在主義的年代，一言以蔽之，是個顛覆與晃動的年代。在那樣的時代氛圍下，許多有心探索人類潛能的肢體治療師，群聚太平洋岸溫泉區的大索爾（Big Sur），希望共同開創出一種更為人性導向的身體療程。他們清楚地覺察到，在機械文明與各類意識型態的切割下，現代人的身體和他的靈魂一樣破碎。透過集思廣益，這些肢體治療師真的在那個雲山霧罩的海岸，整合出一種不拘形式的手法。這個手法可以帶給人滋潤性的觸覺經驗，以及任何按摩都達不到的整體感。

然而，在成就那種渾然天成的整體感之前，還必須穿越一段不破不立的過程。所以你會在依莎蘭按摩裡經歷一些體操似的動作。比如說，芳療師會輕輕托起你的足踝，慢慢抬高你的雙腿，然後看似不經意地前後晃動你的身軀。這類動作如果做得不好，感覺簡直就像把屍體送進冰櫃。另一種不幸的情況是，芳療師真的變成了韻律體操選手，客人的手或腳在她手中，就像彩帶或是圈環一樣地被熟練操弄，美則美矣，但完全不知所云。我在這天考試裡看到的，果然也不出這兩個類型。

這個問題還是要回到「意義」的脈絡中解決。所以，考試結束後，我請芳療師們思考，為什麼依莎蘭按摩裡會出現這樣的動作？有人說這樣可以舒緩客人的身體，鬆動他緊繃的肌肉骨骼。這話說得沒錯，可惜講的純粹是作用，還是沒能點出它的意義來。其實它和撫觸毛巾一樣充滿象徵意義，它要撼動的是那個自以為牢不可破的城堡，那個由各種僵直的信念與刻板的教條加持著的城堡。但真正需要解放的不是身體，而是腦袋。我們的每一塊肌肉都受到神經支配，你認為又是誰在指使我們的神經呢？一個誕生於晃動年代的手法，怎麼可能不去晃動長久被視為不可動搖的秩序與體系？

經過這種晃動，震碎你偽裝堅硬的外表，才能展開一場直指本心的冒險。說是一場冒險，但受作者在當下的感受，卻是一種無法言說的柔情綽態。表面上看起來，依莎蘭按摩的步驟繁複無比，在初學者眼中宛如不斷變換舞步的國際標準舞大賽。但如果嚴格分析的話，它其實就靠長推這麼一個經典動作縱橫全場。長推本是一般按摩的入門基礎，卻在依莎蘭按摩裡點石成金，使人飛升至輕雲蔽月的髣髴裡，與流風迴雪的飄颻中。而依莎蘭按摩之所以是依莎蘭按摩，關鍵也就在這髣髴與飄颻。

舉例來講，一般的長推頂多是一口氣用雙手撫滑整個背部，或是中途換口氣，由腳底推移至大腿的頂端；但依莎蘭按摩卻要我們縱走身體側邊的那一整片斷崖，從足踝綿延到腋下。想完成這一個史上最長之長推，必得仰賴左右開弓的技巧。也就是說，芳療師應該站在受作者身體的中段（大約是臀部），大幅張開雙臂呈一百八十度，然後一手自臀順流至腳，另一手自臀上游至腋下，一左一右地交替進行。它的難度在於意境，而不在動作本身。芳療師需要做到「一水護田將綠繞」的細密潺流，受作者才可能置身「兩山排闥送青來」的風景裡。

雖說難度在於意境，但沒有技術就沒有藝術，我看過做得最好的長推，仍出自基本動作最扎實的芳療師。當所有人開始演繹上述那段按摩章句，我歎了一口氣，在評分表上一個一個寫下「刻意求工」、「花拳繡腿」之類的評語——直到，目光轉到最角落的Monica身上。她這個人沉靜內向，工夫雖深，但並不耀眼。可是就在那一刻，她彷彿化身《諾瑪（Norma）》裡著名詠歎調Casta Diva的音符，一舉手、一投足，都沐浴在銀色的月光下。做到那個左右往返、逡巡回顧的動作時，她的臉龐流露出一種「中心悁悁」的表情。我看得呆了，逐漸溼潤的眼眶裡，浮現《詩經・陳風》裡的一個畫面：彼澤之陂，有蒲菡萏。有美一人，碩大且儼。寤寐無為，輾轉伏枕。

這就是依莎蘭。按摩的最高境界，藝術的最高境界，以及存在的最高境界，都在這種無盡的追求裡。生命的真相是，我們隨時都可能會面對龐貝的火山與南亞的海嘯，無論是實質上的，或是象徵意義上的。任何追求都可能徒勞無功。可是，沒有追求的生命就像一盤忘了加鹽的菜餚，而且，沒有變化的生命不就等於死亡？是在這樣的兩難中，「人性」被撞擊了出來。因為當我是一隻恐龍時，我即生即滅，沒有妄念；當我是西天的神佛時，我不生不滅，也沒有妄念。然而，當我是個凡人，當我是薛西弗斯（Sisyphus）的時候，我用猙獰扭曲的肌肉頂住巨石，舉步維艱地把它推往山巔，然後又眼睜睜見它以迅雷不及掩耳之勢滾下山去。此時，我的妄念支撐著我，讓我咬牙鼓起全身之力，一而再、再而三地，滾落，長推，滾落，長推……

所以，依莎蘭按摩不是一個快樂的按摩，它充滿了貼近人性時的感傷。它揭露我們一切熱望與狂想的荒謬性，以及接受這種荒謬性的勇氣與尊嚴。這也是依莎蘭按摩真正困難的地方。無論它在形式上如何雲淡風清，它的本質仍是薛西弗斯的長推，是那個凝重的、無盡的追求。最後講評時，我告訴在場的芳療師，Monica能掌握這個按摩的精髓，是因為她心中有一個洞。其實每個人心中都有一個洞，只是大家總迫不及待要填平它，結果，為了規避滾落的命運，我們反而喪失了長推的力量。

Monica感傷的依莎蘭，讓我想起一年前的一場手法考試。那是我第一次看這些芳療師做依莎蘭，她們大概都擔心自己過於生澀，所以全做成了烤太久的小羊排，一點也不多汁。唯一一個沒讓自己「乾掉」的是Sabrina。她的按摩一向跟她的身形一般短小精悍，做起瑞典式按摩來尤其迅捷勇猛，怎麼樣也沒辦法把她跟髣髴飄颻想在一塊兒。可是那天在考依莎蘭的時候，Sabrina的姿勢透出一股淡淡的哀愁，長推做得宛如霧中行舟，美得像一場夢！跟她搭檔的同學起身後一臉感動，Sabrina卻不知道自己是怎麼做到的。

正因為她「不明瞭」，她才做得到。Sabrina是少數能夠用身體思考的芳療師，這話的意思不是說她沒有大腦，而是她夠質樸，可以逃脫皮質造作的陷阱。在參加那場考試前，她剛為自己長達一年的坦率示好畫下休止符，因為那個漂亮的男孩子終於做了別的選擇。這個小女孩並沒有崩潰，也沒有強顏歡笑，而是帶著她的遺憾繼續憧憬未來。她也把這種能量灌注在她的按摩裡，讓這個生命經驗鼓舞她的受作者。這才是依莎蘭按摩真正迷人之處：它是薛西弗斯講給其他薛西弗斯聽的神話，它是這個不完美的世界裡的一個完美的逗點。

07

微風掠過尤加利

……

第六十六屆奧斯卡獎揭曉的時候，大部分的華人是非常失望的。那一年，哀感頑豔的中國史詩《霸王別姬》，居然敗給了春心蕩漾的西班牙小品《四千金的情人》。勢在必得的陳凱歌尊翁，連「可恨的美帝」這種話都冒出來了，而講中文的評論家重新扶好碎眼鏡之後，也紛紛以豁然大度的語調感慨，畢竟《霸王別姬》的文化縱深，美國影藝學院那幫老爺們消化不了。意思就是，中國人拍片，吃虧在歷史課本太厚，絕不是藝術水平不高。我雖然沒加入國粹派的陣營，當時確實也頗為錯愕，直到拿《四千金的情人》當作芳療課的補充教材，才聞出一些道理來。

給學生看的片段，是男主角被狂追他的姐妹逼落水塘後，姑娘們又手忙腳亂地抓一大把尤加利乾葉扔進滾水，急急要他吸入芳香蒸氣，以免受寒病倒。看過如此妙趣橫生的情節，恐怕沒有幾個人忘得了尤加利「祛痰、止咳、退燒、抗感冒病毒」的藥學屬性。大家一面聞著尤加利直率的氣味，一面盯著錄影帶上熱情洋溢的畫面，而我卻想起《霸王別姬》裡，袁四爺痴迷地哄餵程蝶衣喝鱉血那一幕。同樣是硬上弓式的示愛與關切，尤加利的爽利與鱉血的稠密，正可對比出這兩部電影的色調。好萊塢秤的本是政治正確度與文化親和力，評審怎能不投給爽朗豪邁的尤加利？

尤加利的生長方式跟它的氣味一樣疾如風。它是世界上生長最快的闊葉樹，一年就可以長個四到七公尺，真的是「一暝大一吋」。長得快自然就有機會長得比別人高，世界記錄中最高的樹，恰恰是有一百五十公尺高的澳洲巨桉。桉樹是尤加利的中文學名，尤加利則是其屬名Eucalyptus的中譯名。它們不但頂天立地，而且還人多勢眾，桃金孃科桉樹屬的品種，有好幾個說法，從五百、六百、八百，到九百都有，總之是族繁不及備載。這麼多的品種之中，有的可供綠化荒地，有的適合用來造紙，有些能提煉醫藥與香精的原料，還有一些是可愛無尾熊的正餐。這些傢伙多才多藝，卻又吃風耐旱，輪伐期只要六七年，一下子就讓你回本，簡直是超完美樹種。所以全球已有一百二十多個國家引進尤加利，占世界人工林總面積的三分之一，恨不得讓它們鋪天蓋地的長。

這樣下去，就像滿街都是林志玲與蔣友柏一樣，其實是很恐怖的一件事。二〇〇四年，印尼的金光紙業集團在雲南投資三億美元，選定雲南的壯族苗族自治區文山州造林五百五十萬畝，以提供紙漿原料給後續興建的造紙廠使用。他們相中的樹種，便是尤加利家族的極尾桉和尾葉桉。這只是他們踏出的一小步，計畫中還要將思茅、臨滄納入這個龐大的單一樹種造林版圖，預計總面積將達二千六百二十萬畝，占雲南現有林地的十分之一。如此，必然嚴重破壞當地的生物多樣性，也容易導致土地貧瘠、原生物種衰減的生態浩劫，更別提造紙工業本來就是污染河川的罪魁禍首。

然而，真正張牙舞爪的是人們的貪念，而不是這些被迫離鄉背井的傻大個。在澳大利亞，尤加利從三千五百萬年前就牢牢守護著它的家園。雪梨的一個重要觀光景點藍山，便因為滿山遍野的藍膠尤加利(藍桉)而得名。藍膠尤加利滲出的樹脂，在彷彿攙入砂粒的澳洲陽光下，會折射出灰濛濛的一派幽藍。這個色澤也來自於藍膠尤加利葉片所含的一種精油成分——癒瘡木天藍烴。它屬於倍半萜烯類，生理上利於消炎，心理上有助於人們跟真實的自我連結。所以，坐在纜車上眺望廣袤千里的藍膠尤加利樹海，很容易讓人理直氣壯起來。它龐大的深藍裡有一股清明的支持力量，使你覺得自己終於得到這個世界的理解，可以暢所欲言。

藍膠尤加利那種令鼻子跳起來的氣味，主要來自於桉油醇這類芳香分子。桉油醇（cineole）是一種氧化物，希臘文原意為「風的翅膀」。顧名思義，它的作用就是讓每個細胞如沐春風，其中呼吸系統自然受惠最深。桃金孃科植物含桉油醇的比例，比其他科屬都高，可以說是一群特別會呼吸的樹，其中尤加利更是包辦了前三名：藍膠尤加利（E.globulus）、澳洲尤加利（E.radiata）、史密斯尤加利（E.smithii）。有意思的是，澳洲這塊荒絕的漂流大陸，卻擁有超過全世界一半數量的桃金孃科樹木，再次證明了一個老生常談的道理——空間為呼吸之本。

尤加利是一般人在芳香療法中最早兼最常使用的精油之一，因此，它也像呼吸一樣容易讓人輕忽。如果得了胃潰瘍、高血壓，或是失眠、溼疹，人們通常都還樂意了解他的身體問題背後有什麼心理癥結。但若是碰到感冒、過敏性鼻炎、慢性支氣管炎，乃至於氣喘，芳療師就很難跟她的個案討論身心勾連的可能性。大家總認為那都是環境的錯，空氣太冷，還是空氣太髒，可不是他能控制的事情。實際上，神經生理學家已經在我們的呼吸道裡面，發現所有神經傳導物質的受體。這就意味著，你的一顰一笑、你的歡喜與哀愁，都會下達指令給呼吸系統，決定它要如何運作。身體是心靈的鏡子，是所有抽象感受的具象顯示器，呼吸也不例外。

尋常的呼吸裡，究竟藏著什麼樣的生命密碼？其實呼吸就是個體與外界最直接的交流管道。我們吸入別人吐出的氣體，也吐出氣體讓別人吸入，這是一個給出與接納的動作。如果意念無從表達，或是面臨盛情難卻的壓力，我們往往只能「忍氣吞聲」，久而久之就喪失了呼吸原有的韻律與節奏。所以，呼吸象徵著溝通與交換，溝通想法與交換情感。一個人對世界有什麼想望（aspire）、受到什麼啟發而產生何種思想（inspire），全都表現在他的呼吸上（respire）。情緒亦然，緊張的時候我們會「屏氣」，受到驚嚇則會「倒抽一口氣」，而憤怒或不耐時，更會呼吸急促、「喘不過氣」。氣喘就是一個交換失衡的典型案例。我所碰過的氣喘患者，幾乎都有個無微不至的母親，源源不絕地供輸使人窒息的關愛。

呼吸象徵著溝通與交換，也反應在環境污染這個議題上。大氣之所以充斥工業黑煙與汽車廢氣，不是人類送給自然界的「禮物」嗎？我們吸入危害健康的毒氣，不過是自然界「投桃報李」的結果。幸好地球上還有許多綠色的肺，只要不把它們砍伐殆盡，我們就還有大口呼吸的機會。在這裡面，長著一對風的翅膀的尤加利，因為萃取部位全在葉片，再加上速生豐產的本領，理所當然成為呼吸系統比較方便依賴的朋友。而尤加利精油裡的桉油醇，不但能讓和風穿過肺泡鋪成的原野，還能吹動塵封經年、生鏽走調的心弦。我有一個訥訥寡言而情感壓抑的學生，用了尤加利精油以後，竟然夢見自己頭上長出宛如麋鹿犄角的枝葉。隔天，憑著不知從哪裡生出的勇氣，對著平日難以溝通的家人滔滔不絕地傾瀉委屈，把自己都嚇了一大跳。

尤加利這種爆發力，在開花時節更是表露無遺。就像其他桃金孃科植物一樣，尤加利的花絲與花柱細長白皙，原本半屈半跪，躲在萼瓣連成的「斗笠」底下。當時機成熟，這些纖弱嬌嫩的花絲便猛然挺起，奮力撐開頭上那頂大帽子，綻放於激情之中。相對於這些聚繖花序的雀躍揮灑，桉油醇類尤加利的葉子可長得低眉斂手。我到希臘、摩洛哥旅行，都聽過遊人用驚訝的口吻評論路邊的尤加利：「哇，沒想到這些地方也有那麼多柳樹啊！」其實，只要摘下它的扁長葉片，觸覺和嗅覺就能發現視覺的錯判。這類尤加利的葉子瘦削乾硬，摸起來頓覺風蕭蕭兮易水寒；但因為葉表面布滿油腺點，稍一搓揉，就能聞到春風又綠江南岸的桉油醇。不過無論如何，都不可能和未若柳絮因風起混為一談。

藍膠尤加利的樹幹也很有特色，光滑平直的程度，頗有些未經世事的味道。而澳洲尤加利與史密斯尤加利的樹幹，就比較接近肌肉發達的NBA球員。雖然尤加利的品系眾多，表情豐富，但總體而言，它們的基調都比較單純明快，這當然是受了桉油醇的影響。前不久我出了一題作業，請學生舉出最能與桉油醇聯想在一塊兒的文學作品，有一位引用張復先為《小王子》寫的序，來說明這種氣味給人的感受：「希區考克曾說，幸福的定義就是『一個清澈明朗的地平線，那裡沒有雲朵，沒有陰影，可以很清楚的看到一切』。生命的苦痛誰不知道？但能看出這世間還存在著一個清澈明朗的地平線，那就非常可愛，非常耐人尋味了。」一切人際互動裡的爾虞我詐，和言語交鬮下的虛與委蛇，在那一個清澈明朗的地平線前面，只能隨風而去。難怪桉油醇類的精油，特別是尤加利，對於呼吸道那麼有幫助了。

下次我們芳療課再提到尤加利的時候，希望最近剛宣布放棄拍攝的澳洲片《尤加利》（Eucalyptus）能夠敗部復活。它的劇本改編自默里．貝爾（Murray Bail）獲得一九九九年澳大利亞作家獎的同名小說，講的是發生在澳洲新南威爾斯偏遠鄉間的愛情童話。話說一位富裕的赫蘭先生，在自己的土地上遍植各個品種的尤加利。他的女兒愛倫美麗非凡，於是赫蘭先生訂下了一個認樹招親的規矩：只要能正確叫出他那片土地上所有尤加利的名字，就可以把愛倫娶回家去。此時，愛倫在自家的尤加利樹林裡，邂逅了一個年輕的陌生人，他不像其他挑戰者那樣鑽研植物分類，只是跟愛倫講一個又一個跟尤加利有關的故事。這些故事挑逗而懸疑，愛倫不可自拔地一直想聽下去，簡直是澳洲版的一千零一夜！有神似大葉桉的羅素．克洛，與形同檸檬桉的妮可．基嫚共同詮釋這部作品，一定更能刺激觀眾思考：是什麼樣的力量，能讓迷惘的女人找到一個清澈明朗的地平線。

08

活在波礫裡

……

走進香氣私塾時，簡直不敢相信正在進行的是書法課。教室氣氛之熱絡，與先前按摩課的肅穆形成鮮明的對比。那一個星期，芳療師苦練一種被我們類比為隸書的氣卦手法，她們學得十分動心忍性，想不到最後一天真的寫起隸書時，竟然是園遊會一般的光景。只見老師每示範一筆，她們就拍手歡呼，還有人搖頭晃腦地讚歎：「真是娟娟可愛呀！」大巧若拙的書法老師，受到宛如F4簽名會的待遇，不禁笑得像剛冒出鍋爐的爆米花。

這種興味盎然、歡欣鼓舞的狀態，在她們自行摹寫時也未曾稍減。只有日本來的理子，一直對著曹全碑的字帖發愣，怎麼樣都拉不出那流麗的橫線。我拿了一本日文的《中國書道史》給她，她感激不盡地彷彿抓到一根浮木。理子畢業於德島文理大學，原本在東京一家知名的SPA擔任芳療講師，為了追求她心目中最貼近人性的按摩，一句中文都不會，就千里迢迢來我們這裡做「學問僧」。由於敏銳而勤奮，大致的按摩動作她還能跟上，但要接受其他五花八門的養成教育，就不免辛苦備嘗。

辛苦的地方在於不明就裡。為什麼做按摩要寫書法？為什麼學精油要素描花卉？這些對我們芳療師來說是天經地義的訓練，在一般人眼裡，完全是八竿子打不到一塊兒的文化美容，更不必說是外邦來的「遣唐使」了。尤其書法在中國文化裡始終享有特殊的地位，不僅被視為最高的藝術表現，甚至拿來當作修養心性的指標。這個光環太過神聖璀璨，反而使人無法直視它背後素樸動人的原貌——是什麼樣的生活處境，淬煉出一個族群的生存哲學，然後從中煥發獨有的審美品味？

只要比較各個民族在節慶或祭典上的活動內容，我們就可以清楚地覺察，中國人的「身體感」很早就消失了。即便是飽吸漢族文化神采的日本人，在集會中舞蹈的傳統仍然豐富而普遍。是在那些身體的搖擺、摩蹭與碰撞中，人強烈地感知自己與同伴、與萬物、乃至與天地的連結，並從中建立「我動故我在」的實存感。如果中國人不跳舞，他去哪裡投射自己的存在？他要如何呈現集體的情感與意識？

然而，再仔細一點搜尋，你又會發現，中國人在重要的活動裡一定都會陳列書法。比方說，最快樂的莫過於永結同心，最悲哀的不外乎生離死別，那種場合沒有一兩幅大字垂掛，對中國人來說，就不成其為喜宴和喪禮。換句話說，中國人快樂的時候，他寫字；悲哀的時候，他也寫字。原來漢民族不是不跳舞，他們是在筆墨紙硯上呼吸，在線條中舞蹈。所以，凝聚在中國書法裡面的，正是漢人遺忘了的身體感，是他不動聲色的七情六欲。

為了拆解身體的密碼，或引動能量的共振，身體工作者一定要嫻熟個案所習染的肢體語言。如果中國人的身體感已經隱入書法裡，我們自然必須浸潤其中。因此，芳療師會先學篆書般莊重舒泰的淋巴按摩，然後經行書般爽利明快的肌肉按摩，接著要掌握隸書般堅忍果敢的氣卦按摩，再學著體會草書般超然物外的韻律按摩，最後則以楷書般嚴整周全的深層組織按摩，總結這一趟書寫身心之旅。每學一個手法，就找出相關書體的代表作品請老師來評賞，當然更要實際臨摹一番。

而像書法一樣的按摩，實際做起來是什麼感覺呢？以她們剛學完的氣卦按摩為例，這個手法全是橫平豎直的比劃，迥異於一般按摩的柔美圓轉，而橫平豎直正是隸書的「基本款」。一開始，大家對這類看似剛硬的動作頗有疑慮，真正操作以後，才明白不是只有溫言婉語能撫平人心。隨著鈴木慶一替北野武寫的電影音樂〈座頭市〉，芳療師的面容悄然變色。反覆演練下來，她們手形之簡潔齊整，身段之乾淨俐落，還真有點盲劍客的架式。

由於還是新人，我讓大家每做一個段落就停下來各自表述，討論令她們印象深刻的步驟。許多人都提到一個並排雙掌、以脊椎為楚河漢界、在背部兩側分別刻劃一道長線的動作。我們稱之為「波磔頓挫」，因為它就像乙瑛碑裡有名的橫畫一樣，一字一波。奇妙的是，不過是拉出一條水平的橫線罷了，但那蠶頭雁尾的走勢，卻含括了生命裡的一切曲折。施作者覺得，這個動作像在串連身心的斷簡殘篇，受作者也感受到，那個土崩瓦解的自己又被黏合回來。一個簡單的按摩動作，就能產生那麼大的療癒力，實在是不可思議。

要解開這個謎團，不能不回溯那幾塊碑文的緣起，看看這種字體是如何「養成」的。寫過隸書的人應該可以體會，在這筆形成隸書特徵的橫畫裡，埋著一段又一段的崎嶇。起頭的逆筆，像是初生之犢不畏虎地上了路，行至中途，才發現道狹路窄而進退維谷，左衝右突都不得其法，最後只有把心一橫、牙一咬，仰頭縱身一躍！這個畫面就停格在躍出的一剎那，所以一千八百年來，人們只看到漢隸的華美大方，而看不到中間的矛盾掙扎，就如同觀眾只看到跳水選手起跳時優雅的弧線，而看不到他那身繃緊的肌肉一樣。

想表現這麼一條劇烈起伏的橫線，不論按摩或寫字，主要是憑藉肱二頭肌、三頭肌的雄強膂力，而不是繡花般的靈巧腕力。芳療師在練習的階段，總是被耳提面命：「要用整個身體按摩，不可以用手按摩！」而臨孔宙碑的時候，若僅僅侷限在腕關節的活動，那條堂皇的波磔就會只留下小氣的銳角。除了力量和姿勢，按摩寫字也都講求速度感。所謂速度感，其實就是韻律和節奏。從頭到尾都是一個拍子的按摩，就跟正襟危坐填滿九宮格一樣無聊。這種速度感靠呼吸控制，而呼吸之快慢又受思緒左右，無怪乎好的按摩和書法，往往都是情溢乎辭的。

那麼，東漢石碑的背後，究竟隱藏著什麼樣的心情？禮器碑成於外戚梁冀的權勢巔峰期；孔宙碑出現後兩年，宦官發動第一次黨錮之禁；黃巾之亂的隔年，曹全碑在陝西落成。那些看似安定穩健的線條，其實是從混亂鬱悶到了頂點的時代抽離出來的；而那個波磔頓挫的造型，則是清流與濁流拉扯的結果。傳統上總認為，清流的儒生被濁流的宦官所淹沒，是一大悲劇，而那些漢碑就等於是這齣悲劇的墓誌銘。這個論點勉強可以說明張遷碑之類的骨鯁威武，倘若套用在同時期而丰姿玉立的曹全碑上，很難不讓人感覺精神分裂。

其實，那些禮教狂儒生，有時幾乎跟今天的回教基本教義派沒什麼分別；而「萬惡」的宦官裡頭，也不乏清忠之士與博學之才。例如曹操的養祖父曹騰，「奉事四帝，未嘗有過……時人嗟美之」；而趙祐等五人甚至「與諸儒共刻五經文」，連儒生都佩服。只有撕掉清流、濁流的標籤，探究東漢崩潰後的社會流變，才有機會聽見從漢隸傳來的脈動。

不過一百年，時代的心靈便從「獨持風裁，以聲名自高」的李膺，轉為「禮豈為我輩設也」的阮籍，可見東漢末年的社會變動，意味著集體主義與個人主義在中國歷史上首次的激烈對抗。黃仁宇先生在《赫遜河畔談中國歷史》一書中也提過，「漢代的覆亡，證明一個政治體系對個人私利觀完全否定時，就只能控制一個簡單的社會」。當時人面臨的兩難，是人類社會發展的分水嶺，也是個人生命演進的關卡：一個社會要選擇秩序還是自由？一個人要如何符合他人的期待、同時又不壓抑自我？

隸書在如此的時代氛圍下斐然成章，接下來的一千五百年卻無聲無息，直到清朝中期才突然文藝復興。固然金石文物在當時紛紛出土，使書家有了新的方向，更重要的是，那時的中國社會，也面臨著同樣的巨大拉扯。而這些線條裡，正保留了當時人們的思想軌跡。寫隸書時，書寫者必須揚起上臂，才能完成那條波磔頓挫的橫線。這個微妙的動作使他的身體呈現抗衡的姿態，然而，之前那段坎坷的路程，又使這個抗衡裡面充滿了艱難與無奈。所以陽亢或陰柔都只是人生的表象，內裡運作的，永遠是不斷的折衝與磨合。

帶這批芳療師最後一次練習氣卦時，發生了一個小插曲。有個平日總是一馬當先的新人，做到一半突然跳針，呆立在按摩床旁，幾度欲出手而不能。雖然覺得蹊蹺，我當下並未趨前協助，等大家都練完以後，才請她說明是怎麼回事。這個時常一臉凜然、被學姐擔心有點霸氣的女孩，此時卻哽咽地表示，對練的同學曾因脊椎側彎開刀，背上有一道又長又歪斜的疤痕，她看著那道疤痕，知道自己再怎麼努力也沒辦法撫平它，所以無法下手。我聽了之後，決定算她通過這個手法。能夠看見別人的波磔，還能承認自己的無力，其實就已經踏上療癒者之路。

09

白檀如月

剛開始教芳療的時候，最怕講檀香。這種文化連結過深的植物，很容易讓人對號入座，意識就沒什麼啟發的空間了。我甚至碰過學生信誓旦旦地報告，她觀察的個案裡，只要是佛教徒都喜歡檀香，而基督徒就不能接受它，搞得我啼笑皆非。更棘手的是，所有的西方芳療專書，都強調學名為白檀（*Santalum album*）的檀香，是一種愛情靈藥（*aphrodisiac*）。我要怎麼讓一聞檀香便青燈古佛的學生們，體會它令思凡小尼「奴把袈裟扯破」的誘惑力？照本宣科了幾年，這種教學冷感卻在偶然間被一段詩句融化。從那時起，檀香對我而言，才成為一種可觸摸的香氣。

「月光和檀香都無法抑止你身體的熱度，不難知道，朋友啊，你心中受著愛情的煎熬。」這是梵語詩學先驅譚丁（Dandin），在第七世紀寫成的《詩鏡》裡引述的一段印度古詩。在印度傳統醫療裡，檀香一直以對治各種熱病聞名。詩人巧妙地把它的冷卻作用，與月光的冰涼聯想在一起，除了足以烘托愛戀的熾燄，也讓檀香感染月亮一般的浪漫氣息。尤有甚者，即使月光和檀香平息了戀人的如火烈烈，卻也只是為受苦的心埋伏了一個更大的陷阱。因為，體溫消退之後，深情才要開始滋長。焚燒過的餘燼，正是愛苗最肥沃的土壤。

有一個與月亮有關的場景，很能說明這個道理。張愛玲在《傾城之戀》裡面，寫盡了愛情的各種溫度。范柳原的忽冷忽熱，只是一種被情人叮咬後的瘧疾，白流蘇不了解自己正是那一隻蚊子，竟也跟著哆嗦冒汗。

而她第一次量到彼此關係的正確度數，是在淺水灣的酒店房中，聽到范柳原從電話裡問她：「流蘇，你的窗子裡看得見月亮麼？」淚眼模糊中，我們和白流蘇一起看見人的欲望。那個褪去了禮教、自尊，和皎潔月光一樣坦白無辜的欲望。一旦接受了欲望的正當性，就不必引爆整個世界、藉著瓦礫掩蓋赤裸的自己。

清冷而激越的月亮如果有味道，聞起來一定像鎮靜又催情的檀香。而檀香的雙面薇若妮卡性格，往往會呈現出人意表的展演。有回跟著一團嚴肅拘謹的德國佬，到法國西南鄉間做芳香植物的田野調查。隨團的法語翻譯，臉上老是掛著納粹軍官的神情。一日，這位女翻譯突然因為生理痛昏倒在地，當時離最近的市鎮也要一小時車程，於是我自告奮勇替她塗精油按摩。十五分鐘後她恢復了血色，接下來的一整天，都像退冰解凍的生魚片一樣鮮活有彈性。晚餐時，她甚至跟大家聊起自己偷偷去參加德國版

《非常男女》的經過。眾人聽得目瞪口呆，紛紛向我打聽到底給她用了什麼油！

處理經痛並非檀香的看家本領，在這個個案裡，扭轉乾坤的其實是它利腎的功能。腎臟保持人體的酸鹼平衡，調節陰陽，對應著伴侶關係。在快樂的伴侶關係裡，我們追逐自己的陰影，擁抱自己的對立面，好成為一個完整的人。疾病與苦痛，則來自害怕或逃避這種對於陰影的嚮往。馮．史坦堡（Josef von Sternberg）在三〇年代的名作《藍天使》（The Blue Angel），就用慵懶浪蕩的瑪琳．黛德麗（Marlene Dietrich）象徵那個陰影，挑戰道貌岸然的老教授。教授最後的沉淪，並不是因為自貶身價與歌舞女郎廝混，而在於他根本就鄙視自己的欲望。相反的，檀香賦予欲望神聖性，人不必再戴上扭曲的假面，不必切割自己存在的兩面性，於是能擁有一對健康的腎臟，也舒緩了壓抑欲望引發的各種痙攣。

除了檀香，自然界還充滿各種引動我們欲望的媒材。阿美族傳說女人碰觸了某種植物的葉片後，便會瘙癢難耐、渴慕情人的愛撫，除非整個人沐浴在月光下，否則不能解除魔咒。在密閉空調室內上網的都會女性，讀到這個故事可能會忍不住發笑。但在冬季的花東海岸，寒風透骨，原住民朋友吟唱著古調，在舞蹈裡模仿那種真誠的不安，這個時候，從厚厚雲層裡鑽出來的月光，像大理石一樣重重擲向你。捧著理性的碎片，當下誰都會承認：擁有那種穿透皮膚、結結實實的欲望，才是幸福。

要理解檀香的水火同源，必須先認識倍半萜醇的奇妙屬性，因為檀香精油裡面七十%以上都是這種大分子。碳原子增加之後，倍半萜醇便失去單萜醇的抗感染力，但卻提高了滋補性。就像熱血青年變成太平紳士，衝動的痴心漸漸化為堅定的等候。所以，以倍半萜醇為主的精油，像是廣藿香、暹羅木、胡蘿蔔籽、岩蘭草，以及檀香，全都帶著一種低調的溫柔，守護逐漸老化的肉體。檀香的催情，因此不是血脈僨張的亢奮，而是深思熟慮的覺醒。它讓你聽懂禪宗三祖僧璨大師的訓示：「纔有是非，紛然失心」，於是挺身迎向每個細胞傳來的呼喊。

同樣不時召喚我們的，還有清澈的月光。我永遠不會忘記在摩洛哥留下的一個印記。為了趕回烏爾札札特，吉普車顛簸於深夜的荒山野嶺，平日積壓的情緒幾乎要跟胃一起翻出來。突然，同車的芭芭拉尖叫：「你看！那是什麼！」我扭頭探出車窗，只見幽暗地平線上，端坐著一朵碩大無朋、分不清眉眼的銀白色山茶花。我們忙讓柏柏爾族的司機煞車，跳出車外，才發現是「山月不知心裡事」，一派天真地準備爬上天際。那無邪的光影，使人瞬間恢復對地老天荒的信心，願意重新把自己交付出去，不辜負每一次猛烈的心跳與沉重的呼吸。

然而，多半的時候，人們還是畏懼這種義無反顧的。只要想到再美的月華，都是日照的反射而已，那些獨立的心靈便不免恐慌。相同的，許多學生都不敢相信，「能斷一切諸障」的檀香，自身竟是一種寄生樹。它們通過根部吸盤，從寄主植物的根部獲得養分，這種寄生方式叫作根寄生或是半寄生。表面上看起來，這些高達十五公尺的常綠小喬木「終不與世間共諍」，而在根深柢固之處，它們其實無法離開寄主自行生存。就連檀香的精油也充滿吸附力，所以印度人在蒸餾玫瑰、茉莉等昂貴花朵時，習慣先在冷卻桶裡注入檀香精油，以捕捉縹緲的花魂。

我們害怕如檀香或月光一般的存在，以為那會使自我淪陷。因為分不清沾黏和依存的差異，所以深深憂慮那些欲望到頭來只是一場無謂的牽絆。其實，寄生與反射也不過是眷戀存有的一種方式。檀香的寄生與榕樹的絞殺不同，它不會悄悄霸占周圍的養分，然後親密纏繞其他植物一兩年，直到對方窒息。檀香只是羞怯倚靠，不離不棄。而檀香對寄主的選擇也沒有明顯的規律性，有的根系發達、質地柔軟，有的樹種卻表皮硬薄，看不出有什麼可圖之利。可見，檀香的寄生應該不是一種貪求或攀附，它只是從關係中認識自己的軟弱與無助。

由於誠實面對生命中的缺憾和渴求，檀香反倒無入而不自得，在所遭逢的任何對象身上，找到滋養自己的力量。也是在這種條件下，它的心材暗暗積累出一種包容一切的香氣。調香師總愛拿檀香精油當作「定香劑」，因為它本身沒有侵略性與排他性，還能幫助那些纖弱跳躍如晚香玉者安定下來。印度人更相信，所有接近檀香的東西，都會變得如它一般芳香，宛如加入真理的行列。因為那神聖的存有者，絕不會放棄它神聖的本質，遇上百萬個邪惡者也依然故我，就像檀香即使被毒蛇盤據，也不會停止送出冷香。這本是個毒液與花蜜共存的世界，檀香不憂不懼，吸聞了檀香的人也必不憂懼。

我曾經連著幾年夏天帶學生去普羅旺斯，在一座芳香莊園裡研習地中海型氣候區的精油植物。莊園的女主人是個挑剔而神經質的「修行者」，一切事物都要按她的規矩進行，令人頭痛不已。如果不是那座莊園太美，我每回都想轉移陣地，再也不要跟她打交道。最後一次造訪的時候，剛開始一直不見她旋風般的身影，大家簡直是額手稱慶。後來聽說她病了，心裡不免有些掛念。離開的前一天，她終於出現在大家面前，雖然身形孱弱，卻還是指東畫西地到處發號施令。

就在我的一顆心慢慢往下沉時，女主人過來給了我一個擁抱，並在我耳邊輕輕說了一句：「再見了，我的朋友！」她的聲調給我一種預感，這大概是我們此生最後一次見面。那天晚上，我在她心愛的花園裡細細打量每一株植物，而天邊的一輪明月，就像她的臉色一樣蒼白。我突然明白，少了那個難纏的女人，這些植物再也不會那麼馥郁茂密。是她對這個世界的濃烈欲念，澆灌出這整座生機蓬勃的莊園。我們離開法國後不久，就傳來她去世的消息。由於她是超覺靜坐的信徒，她的家人把她的骨灰帶到印度，在檀香的裊裊焚香中，讓變幻莫測的人生溶入萬古長夜的恆河裡。

有次搭乘荷航飛法國，一上機就昏睡，本打算混過這漫長的空中囚禁，不巧在夜半時分被亂流晃醒。電影很難看，讀書太費眼，只有望向宇宙黑洞似的窗外發呆。看著看著，突然瞥見《神隱少女》裡的那隻白龍，在一片虛無之中竄動。那是什麼？這幅奇異的景象，把我散漫的視線束成天行者路克的光劍，得到前所未有的照見。原來，沉靜理性的大地上，奔流之河仍像欲望不肯停歇。明月揭露了這個秘密，使那道蜿蜒的銀箭直直射入人們漆黑如夜的心靈。我一時無法承受美景的暗示，忙亂地轉移自己的注意力。在銀幕上尋找所在位置時，發現飛機剛剛經過的竟是印度——那個檀香的故土，欲望的原鄉……

10

擦亮每一個夜空的煙火

‧‧‧‧‧

在替《中國時報》人間副刊寫「另一種專業」的專欄期間，參加了一趟團體旅行。遊覽車上，免不了要上演自我介紹這類節目。之後，一位看起來極有教養的中年女士跑來對我說：「你就是溫佑君呀！我很喜歡你在《中國時報》上的文章，都會轉寄給朋友呢！」寫作不是我的專業，受到這麼大的鼓勵，霎時覺得天邊飛來一朵筋斗雲。這位女士和藹可親地接著說：「可是，我不明白的是，能寫這樣的文章，又是讀哲學的人，怎麼會相信芳香療法呢？」還沒坐穩筋斗雲的我，當場摔了個眼冒金星——我寫的每篇文章不都在講芳香療法嗎？

看來，一般人心目中的芳香療法，跟我和學生們身體力行的那套哲學，恐怕有很大的差距。這又讓我想到，有回一個新客人要來肯園的香覺戲體做療程，芳療師仔細地向她解說找到我們的路徑：「我們在建國南路過忠孝東路的第一個巷子裡，可是我會建議你從新生南路那一頭過來，雖然要多走一點路，但現在是春天，巷子那頭的花開得很熱鬧，連樟樹都開花了喔，你大概沒聞過樟樹的花香吧……」在跨國大公司終日以效率與數字為伍的客人，聽了簡直要瘋掉。與我們比較相熟以後，忍不住小小抱怨了一下：「你們的芳療師怎麼都這麼風花雪月啊！」

什麼時候開始，留心大地與節氣變化這種生物本能，竟成了不著邊際的雅興？而現代人不只是對環境冷漠，他們對自己也一樣疏離。前兩天與學生餐敘，順便討論大家在用油方面遇到的瓶頸。其中一人提到她一個冥頑不靈的好友，如何想方設法地刁難前夫，以報復對方的琵琶別抱。由於怨念深重，這個女人變得形容枯槁，也有嚴重的睡眠困擾。學生想幫她，挑了一些能讓人看到人生旅途風光明媚的精油，教她如何用來塗抹泡澡。這位朋友嫌麻煩而拒絕，學生氣得在席間問我：「為什麼一個人可以花半年的時間去恨別人，卻不願意花十分鐘來愛自己？」

這兩個例子或許可以說明，在我們眼裡，芳香療法不是元氣產業的明星，也不是新興宗教的變身。它不過是芬芳的浮生六記，我們在裡面讀到了無垠的天地與有限的自己。透過放大的嗅覺與深化的觸覺，學生和客人開始聞到在夏季跟人們一起汗流浹背的馬纓丹，也懂得撿起台灣欒樹宛如秋天心跳的紅色蒴果；而澳洲茶樹不光是主婦在廚房的好幫手，薰衣草也不只是千金小姐的下午茶。在這個千瘡百孔的世界裡，我們藉著芳香療法的鑿壁取光，找到了林語堂先生口中「宇宙最美麗的東西」：一種永不厭倦的恬退自甘。

例如，我曾經給芳療班的學生出過一題這樣的功課：「單萜酮的精油能讓你看見平常看不見的景象、聽見平常聽不見的聲響。請錄下日常生活中一些尋常的聲音（如蟲鳴、汽車引擎、風聲、小販叫聲、飲水機出水聲等等），找機會反覆聆聽，看看自己有什麼不同的感受，另請隨作業交出五分鐘長度的『聲音畫像』（錄音帶或光碟均可），記得附上該聲音的出處來源（如『十一月三十日下午五點大安捷運站的捷運車廂關門聲』）」。這個作業讓學生們驚訝地發現，原來我們的城市不只是在歇斯底里地叫囂，每一個聲響都和每一種氣味一樣儀態萬千。

有個學生是護士，她的報告讓人印象非常之深刻。由於在開刀房工作，心電圖儀器的偵測聲常教她眉頭深鎖。為了交作業，她點上薰燈，逼迫自己浸潤在這種冰涼的威脅裡。聽著聽著，無情的機械音竟化為滿天星斗，彷彿病人的每一個脈搏，都會引動某顆星辰的閃爍。從那個畫面，她看到每一個生命自有其節奏，也都會受到天體的看顧。所以心電圖儀器所發生的聲響，非但不再讓她感到緊張，反而象徵著安心的庇護。我聽著她交來的錄音帶，感覺幾乎像《郭德堡變奏曲》，那種纖弱而不失莊嚴的跳動，實在不由得人不肅然起敬。

讓學生們大開聽界的單萜酮類精油，包括頭狀薰衣草、艾草、鼠尾草，以及牛膝草等等。這些植物被「主流」芳療界視為異端，因為「教科書」上說，單萜酮具有神經毒性。事實上，在正確劑量下，自然界裡的毒物，往往都具有無與倫比的療癒力。而單萜酮這種分子，原本便是利腦的神經系統補藥。這幾種精油宛如那個農村女貞德，能讓個人「聽見」那些並非發自教會或封建領主的「聲音」。它們的氣味都很嚴肅，馬上教你直指本心。因為能夠分解黏液，一般用了這類精油，都會有一種耳聰目明之感，彷彿可以同時滌淨壅塞的身體與性靈。

我有一個聖女貞德式的體驗，也和這些植物有關係。那是在二〇〇〇年的春天，全世界最大的溫室植物園Eden Project剛剛啟用。我滿心期待地跑去康瓦爾（Cornwall）朝聖，結果卻大失所望。走在它的地中海型氣候植物區裡，不斷負氣地喃喃自語：「這裡沒有一棵植物是我不認識的，我來這裡幹嘛？」背著新買的相機，一張照片也不想拍。百無聊賴之中，突然聞到一股令人無所遁逃的氣味，別過頭去，發現一叢頭狀薰衣草笑吟吟地對我搖頭：「你真的見過我們嗎？」

是嗎？這些頭狀薰衣草，跟我在卡卡頌（Carcassonne）見到的難道分毫不差？王陽明二十一歲在京師，發憤要實作格物工夫，對著庭前的竹子，格之七日不通，這是他後來提出致良知的轉捩點。而眼前的這些頭狀薰衣草，顯然也給了我一個格物致知的教訓。照陽明的說法，良知就是好好色、惡惡臭的本然之心，就是不染塵埃、誠實映照的清亮眼眸。於是我開始思索自己為什麼要來Eden Project。如果不是想獵豔尋奇與矜誇炫才，我有什麼好失望的？作為一個芳療師，如果看不出每一棵頭狀薰衣草的不同，又怎麼能理解每一具相似身軀裡獨有的哀愁？

其實不光是單萜酮，使用任何一類精油，都有助於恢復我們與生俱來的敏感度與覺察力。甚至也不單是精油，只要透過植物與土地連結，葡萄酒也好，茶也好，人們都能從中重拾無政府主義運動家普魯東(Pierre-Joseph Proudhon)所說的「勝於愛任何別的事物」、「自有本身神秘之處」的真愛，「對自然的愛」。這種愛具有一種魔幻寫實的本質，所以，當你啜飲一口冷泡的「高山烏龍被蟲咬」，微微張開被茶葉膠質黏住的雙唇，一千公尺山麓的冷冽空氣立即灌入你的胸膛，吹散嘈雜躁鬱的午後台北。

芳香療法迷人之處，也就在如此這般的驚奇。比如說，自從普羅旺斯的農夫告訴我，他如何跟父親、祖父、曾祖父一樣，在夜裡對準月亮的方位阡插迷迭香的幼苗，以後我每一次把迷迭香加進洗髮精洗頭，就感覺滿頭髮絲被傾瀉的月光親吻了一遍。跟世界建立起這樣私密、個人的連結，是很重要的一件事。沒有這種連結，我們就會被淹沒在整齊畫一的輿論與規格標準的型號裡。這種連結可以豢養出桀驁不馴的想像力，使人類的精神濃度不因工業革命和民主制度而稀釋殆盡。

在香港學生的謝師宴上，我就看過那樣的想像力如何點石成金。剛去香港上課時，學生都當我是可敬的外星人。她們認真而務實，只對配方感興趣。而在課堂上捕捉到的一些空洞眼神，不免使我擔心，自己的授課方向會不會過於海市蜃樓。我跟學生們互相適應十個月後，大家終於歡歡喜喜地結了業，可以在一道道美食間輪流上台發表感言。因為我聽廣東話還是很吃力，多半只能含笑以對，直到有個學生用不流利的普通話顫抖地說：「上完三十堂課以後，我覺得芳香療法不是地平面上的東西。它像煙火一樣，讓我看到夜空裡所有的風景。」我簡直不敢相信自己的耳朵，其他同學則戲謔地說，她已經不是香港人了。如果要問什麼是芳香療法，還有什麼比這更貼切的答案？

11

氾濫的清新

·····

莫斯科七月的陽光居然這麼烈！我坐在一輛沒有冷氣、沒有安全帶的計程車裡，身旁的司機皺著眉大口吸菸，因為一上高速公路就塞得動彈不得。我們要去七十公里外的國內機場，而飛機即將在九十分鐘後起飛。由於飯店給的資訊有誤，使我好整以暇卻跑錯機場。聽說飛阿巴坎（Abakan）這個西伯利亞小城的航班，一個星期只有一趟，錯過了就得像齊瓦哥醫生一樣，花上幾天幾夜搭火車橫越中亞。

「Nyet！Nyet！」司機雙手猛拍方向盤。這個單字我懂，他的意思是我們肯定趕不上？果然，他掏出香菸盒畫了一架飛機，然後在上頭打了一個大叉給我看。我嘆了口氣，從背包裡找到愛馬仕的新品香水在頸上輕輕噴一下。

飛機到了時刻就會離開，尼羅河到了時候就要氾濫。我轉頭望向窗外，一排排緊密高大的白樺木，看起來竟像是疏朗有致的紙莎草；而這台悲慘無望的出租車，彷彿已化身尼羅河上悠閒飄蕩的三角帆船。司機瞪大眼睛看我一眼，我索性在他鼻前也噴一下。和大部分的法國香水不一樣，這個氣味召喚的不是性幻想。它讓你嗅到洪水沖積出來的肥沃土壤，在那之上，熱帶水果與花卉快樂地萌芽。這股氾濫的清新，使趕不上飛機的旅客飄進圖唐卡門的壁畫裡，和千年不朽的法老王，一起平靜地凝視災難。

如此移轉時空而統御人心的香氣是怎麼調出來的？其實，今日的調香師基本上就是個化學家。他必須從上千個成分裡，挑出數百來成就一瓶香水。在那裡面，天然的精油與原精只占三分之一弱。但調香師不是芳療師，他的使命在創造自然，而不在模仿自然；他的職責是求美，而不是求真。對調香師來說，不同的芳香分子，無論天然或合成，就像畫家手中的顏料。誰會在意莫內的睡蓮是不是用植物色素畫出來的呢？

另一方面，頂尖的調香師也都具有詩人性格，他們在入行前多半修過詩學。愛馬仕的首位專屬調香師艾列納（Jean-Claude Ellena），就曾如此解釋自己的調香哲學：「我的字典很小，裡面的辭彙很少。可是我用的每個字都會出現在最恰當的位置上」——這不就是寫詩嗎？所以，他這瓶千呼萬喚始出來的Un Jardin sur le Nil（尼羅河花園）居然只用了三十種香精。相較於主流調香師的巴洛克作風，艾列納真是包浩斯得可以了。但這種極簡的美德，卻花了他三十年的工夫才養成。這些香氣的魔法師無論出手如何天馬行空，骨子裡仍維持著工匠本色。

工匠必須要在茉莉原精的瓶口抽動一下鼻翼，就講出那些茉莉的品種、產地，乃至於萃取儀器是鋁製品還是不鏽鋼。工匠的本領也包括：光憑異丁烯苯酯和香草素兩個成分，就調出大自然用了八個分子才搞定的巧克力香。艾列納把這類的捷徑稱作「如夢的縮影」。所以，當愛馬仕集團主管選定青檬果為「尼羅河花園」的基調時，艾列納並不需要把青檬果送去做溶劑萃取。實際上，目前還沒有哪一種萃取技術，能夠完全還原植物在自然狀態下的香氣。艾列納真正的工作，是要在大腦中為青檬果「如夢的縮影」拼圖。

而他所發現的關鍵圖塊是：二氫茉莉酮酸甲酯（聞起來像茉莉），鄰氨基苯甲酸甲酯（卡文克萊的Eternity〔永恆〕幾乎全是這個味道），還有天然的橙花精油、苦橙精油，以及合成的葡萄柚。專業調香師通常都不用真正的葡萄柚精油，因為那裡面的含硫化合物會令昂貴香水很快被當作陽明山的溫泉。另一個麻煩的成分是檸檬烯，這種輕快的小分子極不耐滾滾紅塵，幾乎不在皮膚上停留。如此一來，消費者「穿上」的香水恐怕會變成國王的新衣。

熟悉香水組成的人，一看這個配方就知道，「尼羅河花園」走的是新鮮花果路線。艾列納當然還加了獨門秘方，以免聞起來太小甜甜布蘭妮，有失愛馬仕的大家風範。不過，這個香調最有意思的地方，在於它完全顛覆了傳統的「埃及」意象。一般想到埃及，空氣中便瀰漫著幽暗嫵媚的氣息。艾列納刻意避開「叨唸」之類的的甜腐味，而呈現出略微潮溼的草葉集，絕非基於逆向操作的行銷眼光而已。他是很認真的在思考一個問題：「究竟尼羅河上的花園，聞起來是什麼味道？」

為了找到答案，艾列納真的跑到尼羅河上游的亞斯文(Aswan)城，去收集嗅覺印象。過盡千帆皆不是之後，找到了一種只在樹上散放芳香的青檬果。一旦摘採下來，它的香氣就會在六十秒內化為一縷輕煙，非常之Mission Impossible。但真正耐人尋味的是，每一個香氣都有它對應的情感與思維，因為我們的嗅腦也同時處理情緒與記憶。時尚行業對於時代氛圍特別敏感，那麼這一座二〇〇五年的尼羅河花園，是被什麼樣的集體潛意識建構出來的呢？它的香氣是否能替我們的時代發聲？

從一八八九年嬌蘭推出全世界第一瓶大眾香水Jicky開始，每個年代的暢銷香水，也必定是某種時代精神的代言者。Jicky標舉了中產階級的崛起，接下來二〇年代的Chanel No.5（香奈兒五號）更加突顯了都市生活的迷醉與頹美。而兩次世界大戰的殘酷，迫使五〇年代的Cabochard充滿反省的冷調，不多久，戰後的繁盛景象又把人們推向Opium（鴉片，YSL）的疲軟華靡，八〇年代甚至要靠Poison（毒藥，Dior）來開胃。物極必反，到了世紀末，新世紀信徒終於簇擁出反璞歸真的L'Eau D'Issey（一生之水，ISSEY MIYAKE）。而千禧年以後呢？在奈米科技與桃莉羊的刺激下，在紐約雙塔和狂牛症的陰影中，在遍嘗了各種主義之後，世界能期待柳暗花明又一村嗎？

當我帶著「尼羅河花園」的香氣，在深夜抵達西伯利亞的心臟時，我聞到了一種憧憬的可能。那是走過忐忑的懵懂、劇烈的反抗、淒涼的虛無，與蒼白的沉澱後，還願意重新來過的氣味。就像一個閱歷無數的中年人，平和但堅定地揚棄過往，準備撰寫他的下一本青春日記。再多吸一口，亞斯文的青檬果似乎傳來一個訊息：不管曾經有過多深的懊悔與陷溺，這次大水過後，土地上會長出一些不容錯過的東西。倘若它真是這個年代的氣味，那我們實在非常幸運。

12

聲音的魔法

仲秋的布農部落，空氣被驕陽烤得生煙，使人不太敢大口呼吸。要是癱在樹蔭下，手掌永遠瞄不準的刁鑽黑蚊，又讓你搔出密密麻麻的煩躁。曬與不曬間，學生千萬難，十幾個芳療師都在換眼偷瞄荷蘭來的馬克老師。但這個從未到過亞熱帶的白種人，似乎渾然不覺自己已經面如番茄、疙瘩滿臂，而娓娓講述不止。我一邊昏頭脹腦地替他翻譯，一邊開始懷疑，我們真能練就那種神乎其技嗎？那三天，我帶著芳療師去紅葉溫泉辦一個工作坊，學唱一種叫泛音（overtone）的東西。西方世界已經做出許多研究，一定程度地證實了泛音的療癒力，這也是最初誘使我們探索它的動機。

第一次與泛音正式遭逢，是在台北藝術大學的表演廳。因為從來沒聽過那種「精緻如淡淡顏色」的聲音，也很好奇這些聲音會如何「融合我們全體的意識」，並且藉著它引發的振動「導覽自我與宇宙」，坐在觀眾席的心情就像小朋友第一次被帶去馬戲團。馬克・范・湯可鄰（Mark C.van Tongeren）先生的獨唱一結束，一位被我邀來體驗未知的朋友，便很嚴肅地對我說：「你確定要在你們的療程裡加入這個東西？那你要注意別把口水噴到個案身上！」這個出人意表的評論，或許很能說明泛音歌曲激勵、撫慰、煽動與困惑人心的特質，特別是讓人如墜五里霧中的那個部分。

瘦瘦高高的馬克在演唱時，看起來與聽起來都像是一座哥德式建築。北藝大的表演廳本是個寬闊的長方形黑盒子，塞滿的學生與來賓使它更加扁實，可是馬克一開口，我就飄進了史特拉斯堡大教堂。在那個高聳扶壁、尖拱結構，垂直飛升、強烈上沖的空間裡，凡人沒有別的選擇，只能接近天國。演唱會後，我在北藝大戲劇學院的鍾明德院長辦公室見到了這座教堂。令人訝異的是，教堂嘴裡竟咬著一根牙籤，淺淺含笑地打量眼下的拜會者。他的目光裡有一層薄薄的睥睨，投向哪裡，就在對方與自己之間劃出一道楚河漢界。

也許因為如此，他才能夠無視高溫與惡蟲的侵擾。但我們這些戀世的俗人，既無力撐起泛音的翅膀翱翔，只有跌入自然的試煉與學習的膠著裡。熬到第二天下午，在一片混沌之中，馬克突然唱起卡基拉（kargyraa），一種類似西藏喇嘛唱誦經咒的低沉喉音。那樣裂開大地的聲波，晃動了在場的每一個芳療師，眼前頓時天清地朗。而四周的青山綠水，彷彿也都活了過來，搶著訴說洪荒以降的寂寥。如此之深情告白，就像琴鍵敲擊著鋼弦，在我們心上振出重重迴響。於是，同樣孤獨的人類，忍不住站上圍欄的木樁，對著河谷，呼喊出生平的第一串泛音……

泛音是一個奇妙的物理現象。泛音詠唱可以在同一時間發出兩種聲響，令人感到眩惑神奇。乍聽之下，你會以為有一個人在演唱，而另外一個人躲在遠處吹口哨。事實上，我們平日說話或唱歌時，除了堅定不移的基礎音，也會發出宛如漸層色彩的泛音列。只不過這些泛音太細弱危脆，極難被我們粗枝大葉的聽覺網獲。如果我們唱不出泛音，那是因為我們聽不到自己發出的泛音，就跟啞主要是耳聾所致一樣。練習泛音詠唱的第一道功課，便要踏出那個視而不見、聽而不聞的粗糙世界，讓自己變成天線寶寶，接收另一種真實。

英國的古典兒童讀物《風吹來的保母》裡頭，有一段頗為泛音的故事。奇幻保母包萍照料的一對雙胞胎嬰兒，本來可以跟陽光、樹木、風與燕八哥自由交談。他們不能理解自己的哥哥姐姐，以及其他大人，為什麼都不明白「別的東西說的話」。包萍解釋說，那是因為他們長了牙、學會講話。小嬰兒約翰不可置信地問：「包萍，我們長大以後真的就不能聽到那些了？」「你當然會聽到，」包萍說，「但是你聽不懂。」以前讀到這裡，總感到一股說不出的悵惘。苦練泛唱不成時，想起這個故事，反而得到一絲安慰。因為，就算唱不出來，起碼已經找到一扇門，可以通往那個絕聖棄智的秘境。

這樣的痴心妄想，其實是有科學根據的。泛音詠唱的特殊技巧，往往需要勞動日常說唱時罕用的假聲帶。由於控制假聲帶的肌肉與神經太少，所以一般沒有辦法隨心所欲地操控它。藉著反覆練習泛音詠唱，使假聲帶習於振動，就有機會改變原有的生理構造，反饋增生出新的神經支配網絡。新的神經等於新的感受，而新感受無異於一塊新天地。無怪乎音樂製作人史塔克豪森（K.Stockhausen），強調自己的泛音名作《調音》（*Stimmung*）有如靜心冥想，足使一切知覺警敏而祥和。浸淫其中，人們將有機會瞥見，「在感官能體驗的絕美裡，閃耀著絢麗的永恆。」

對一般大眾而言，比抽象審美更教人印象深刻的，是泛音在醫療方面的潛力。著名的聲身療癒專家姬爾佩斯指證，曾有學員在參加她的七日泛音課程後，發現癌細胞居然不藥而癒。如果熟悉神經傳導的運作方式，就不會懷疑這根本是個巧合或騙局。簡單來說，人體裡面有一個和聲系統，神經、免疫與內分泌的傳導物質，都以共振的方式與受體結合，使所有器官與組織和衷共濟。癌症就是一種訊息傳導混亂的荒腔走板狀態，若有機會替這些細胞「調音」，恢復健康完全是合乎邏輯的結果。而泛音詠唱所帶來的合鳴共振，並不會只停留在身體以外的空氣而已，這即是它產生療癒力的機轉。

讓現代科學家興奮不已的新知，早已出現在年代久遠的梵文真言中：「願有情眾生離苦得樂，願五臟之氣調和無間，願心胸開闊諧暢思慮，願肩臂神經通體舒暢。且與陰柔能量合拍共舞，齊與造化頻率同聲唱和。」由此可見，泛音恐怕不光是聲波的排列組合，它還可能對應意識的各種層次，甚至揭露存有的各類情狀。我在阿姆斯特丹的植物園裡，就看過泛音召喚出不可思議的畫面。那是在上完馬克泛音課後的一個月，我正好去荷蘭出差，順道拜訪一下這位在聲音之汪洋裡帶著我們漂流的領航員。

那一日天氣極糟，不過馬克在植物園裡邊走邊唱，還真有點「莫聽穿林打葉聲，何妨吟嘯且徐行」的況味。我們跑進溫室避雨，坐在溼氣霧罩的闊葉樹間。四下無人，只聞不明的機械微響。他豎耳傾聽了一會兒，就用西奇(sygyt)的技法，跟著哼出煙裊風輕的笛音。我隨著竄升的音線扶搖直上，觀看快要觸及天井的蕨類植物。它們的捲葉禁不起歌聲撩撥，含羞帶怯地左搖右擺，就像一對對初次參加社交舞會的青年男女。我想知道這個聲音的巫師施了什麼咒，卻只見他雙眼緊閉、嘴角上揚，如如不動地把自己裹在泛音的雲端裡。

走出植物園，雨勢不曾稍減。因為知覺一直停格在剛剛的幻象中，我絲毫感受不到雨滴落在身上的重量。步行至水壩廣場，馬克突然收腳，指著一旁的皇宮行館，講起他在那裡為荷蘭女王獻唱泛音的往事。我抬頭仰望，發現天色已經暗了下來，昏黃的街燈與中世紀的石板路，夾映出雨絲的形影。此時的馬克雖然不再吟唱，他在植物園裡引動的氣流仍然襲掩而至，振得那些雨珠兒在空中就跳起水舞來。覺察到這個變化之後，不僅雨滴有了重量，光線也有了重量；馬克的話語有了重量，整個世界都有了重量！

是這樣的奇遇，使我得以想像泛音與香氣的連結，或是融合聽覺與觸覺的可行性。芳療師的工作原本就是要重現或再造某種意識，以改變我們感知自身與世界的方式。只有在這樣的過程中，真正的療癒才可能發生。所以馬克第二年再來台灣授課時，我就和他進行了一次實驗性的聲音療程。做法是由我躺在按摩床上，他則隨興地移動吟唱。起初，那感覺像是一場水平的演唱會，漸漸地，他的聲音出現了形狀，開始推擠與碰撞我身邊的空氣。唱著唱著，逸出的泛音化為一把透明的壓克力刀，從頭頂緩緩切入提拉米蘇般的身體，一路直下心臟，安安靜靜地穿透、駐留。

雖然他的吟唱有一股穩定的能量，但我從頭到尾都保持清醒。或者，我以為我是清醒的。因為，當他開始要爬高音階時，我突然睜開雙眼，整個人從床上彈了起來，如同被閃電擊中一般。然後我直挺挺坐了半晌，過了很久都不知身在何方。令人尤為吃驚的是，馬克當時正站在我腳邊，我卻一直以為他在我頭頂附近徘徊。療程至此不得不中斷，我只覺得頭重腳輕，談不上任何感受。事後慢慢分析，才捕捉到一些非比尋常的訊息：那些泛音幾乎打開了一個X檔案。它們已經滲入邊緣系統（情緒）的底層，但是碰到大腦皮質（理智）的負嵎頑抗，以至於拔河拔到繩索迸裂。

所以，泛音可能有助於平衡現代人大腦皮質過度發達，而壓迫到邊緣系統的傾向。假使生命中的冷空氣一時還下不來，副熱帶高壓又不肯退，僵持階段能量積累，就不免要受高溫所苦。待冷熱空氣交換到一定程度，雨落下來，心靈的天氣才會清爽宜人。李安拍《理性與感性》，用兩幕戲工筆繪出這種兩難的生命情境，處理得比珍．奧斯汀的原著更加動人。一是瑪麗安在滂沱大雨中，按捺下感性喃喃追憶威洛比；一是埃莉諾在愛德華終於前來求婚時，瓦解掉理性痛哭失聲。無論落入哪一種困境，聲音的魔法能變出什麼樣的雲梯來，則是我們這些芳療師還在拉長耳朵尋找的答案。

13

精衛

‧‧‧‧‧

海面平靜無波。

這所謂的海，其實是上黨盆地裡一個一望無際的內陸湖。距今五千年前，山西東南一帶被太行山與太岳山夾成鳥巢般的封閉盆地，這盆地裡曾有豐富的水資源灌溉出阡陌縱橫，從當地地名的沿革便足以讓人想像與推斷這一點，例如晉城古名澤州、陽城在秦代稱為獲澤、太岳地區還有個安澤。由於新石器時代的中國北方氣候遠比現在要溫暖潮溼，再加上水利與平緩的地形，使得這塊土地上的人們成為農業生產的先驅——是的，這兒就是炎帝／神農氏一族活動的場域。

《管子．輕重戊》裡記載：「神農作，樹五穀淇山之陽，九州之民乃知穀食」，淇山便在今天的晉城市東南。這個農耕部落後來被「遷徙往來無常處」的遊牧集團——黃帝氏族——給擊潰，根據《路史》卷十三〈禪通記〉的說法，黃帝封炎帝之後於潞（今長治市附近），以安撫其殘餘勢力，可見這一帶本是炎帝一族的老家。而太行、太岳之間的晉城、長治一帶，至今仍分布著許多與炎帝有關的地名村落，也還保留著大量有關炎帝活動的傳說，其中最著名的，是他小女兒女娃的故事。

女娃令人心顫的遭遇，和那高深莫測的湖面有關。她的年紀應該在十二、三歲上下，就是那種大人不再能振振有辭地限制其行動，可是又無法放心任之嬉耍的年紀。而事件發生的時節，很可能是清明前後。「清明」意謂著萬物潔顯，氣清景明，每年到了這個時候，氣溫逐漸升高，雨量也逐漸增多，所以「植樹造林，莫過清明」。這個最終苗而不秀的小女孩，一定也深受精通園藝的父親影響，對各種急速抽芽的植栽歡喜讚歎不已，等不及要去踏青了。

我們要如何想像映入她眼簾的綠意？晉東南山區有種子植物一百二十五科，五百一十二屬，一千零九十種，其中油脂植物就有一百四十七種，澱粉植物有九十八種，果類植物一百三十六種，蜜源植物一百三十六種，野菜植物六十八種，藥用植物四百二十六種！沒有這種條件，父親神農也嘗不了百草，得不到嘉禾。女娃最喜歡往離家不遠的發鳩山上跑，因為那裡滿山遍野都是柘樹（*Cudrania tricuspidata*）。這種樹可好玩了，父親曾教她拿葉子餵養蠶寶寶，雖然柘樹的葉片比同科的桑樹來得硬，蠶寶寶照樣啃個不停。如果不是那個變化無常的湖面驟起風浪，這個聰穎敏感的小女孩，很可能會在餵養蠶寶寶的過程裡發現治絲紡紗的訣嶽，而《史記》為西陵之女嫘祖留下的名句，就要改寫成「女娃始蠶」了。

這一日，天空裡沒有半片雲，女娃在走上山來的路程裡，已經讓陽光曬得皮膚發燙。她於是選了一棵特別高的柘樹，斜靠著樹幹，橫躺下來喘口氣。從八公尺之上穿透樹冠的點點光影，在葉片間製造了一種結實累累的假相，女娃仰頭歎了一口氣，想起它在秋天才會長成的果實。那些紅灩灩的球形聚花果長得極像桑椹，嘗起來也一樣酸甜可口，每個女孩吃完以後，雙唇總顯得嬌豔欲滴，有吃得狠一些的，連臉頰都要擦上幾抹紅暈呢。女娃愈想愈渴，決定換個想頭。她撿起被野猴踏斷而掉落地面的新枝，愉快地把弄著。父親會在冬天砍下柘樹較粗的枝幹，教族裡的年輕人做弓，大家都覺得柘樹枝幹做成的弓，彈性最好、射程最遠。後來成書於春秋戰國之際的《考工記》便清楚地評鑑，在各類適合製弓的樹種中，「好弓材以柘木為上」。

女娃記得，跟著父親學做弓的年輕人裡，有個沉默寡言的大哥哥雙手特別靈巧，父親似乎也最喜歡他。有次父親還單獨把他和自己帶到林間，生起爐火，把削成片片的柘樹心材丟在滾水裡熬煮。三十分鐘後，那鍋水的顏色變得像泥漿一般，父親讓大哥哥脫下身上的羊皮背心，丟進鍋裡與那堆冒著泡的「泥漿」攪拌在一起。又過了三十分鐘，父親小心翼翼地用樹枝叉起那件可憐的背心，移開鍋爐，讓火堆烤乾它。說也奇怪，原本有點泛黃而且東一塊西一塊髒油漬的白羊皮背心，竟然染上了夕陽照在黃土地上的顏色。大哥哥重新把背心套進他肌肉線條分明的上半身，襯著黝黑的膚色，他看起來也像黃昏時的大地一般寧靜而有力量。

想到那個畫面，女娃突然覺得樹下也不夠清涼。她一骨碌地爬了起來，拍拍身上的塵土，瞇起眼睛東張西望。發鳩山的主峰海拔有一千六百四十七尺，她正好站在八百公尺的半山腰，遠眺東南方二十多公里的一片汪洋。那塊區域鄰近今天長子縣南陳鄉的蘇村、團城與壑只村，在女娃的時代，它大約就是人稱東海的一個大湖泊。二十世紀八〇年代，中國大陸的考古隊曾在南陳鄉發現三十幾棵舉世罕見的古樹化石，據考證已有兩億年的歷史，然而在它附近的東海，卻因為幾千年來的氣候變化而消失了，使我們無從憑弔與古樹化石一般幽遠的大湖傳奇。

但在女娃的眼下，東海仍是一大塊唾手可及的藍色果凍。她決定隔天一早就出發，中午以前必定可以抵達湖邊。她已經忍不住開始想像把腳伸進湖水裡的沁心暢快，尤其是在漫步了五個小時之後。不過，這還不是大湖最讓人興奮的地方。每回女娃逐浪快速衝刺一段時間以後，總愛跟自己玩一個遊戲——放掉原本緊繃的肌肉，假想自己完全不諳水性，然後閉上眼睛慢慢沉入水裡，隨著一股神秘的波動，擺盪、漂流。直到胸腔再也無法忍受，她才把全身的力氣召喚回來，奮力游出水面，大口吸入等候多時的甜美空氣。這個遊戲之所以令她興奮，是因為她可以一次又一次地證實，頭上那片青空永遠是她的！

那一陣子，女娃又發現這個遊戲另一個奇妙的樂趣：當她任由水波牽引身軀擺動時，她可以感覺到小腹也有一道暗潮跟著晃動。這種內外同步的韻律和節奏，讓她覺得自己彷彿溶於水中，無拘無束。她不知道的是，人的體內有海洋（七十%是鹹水），而人的血管反映了潮汐。美國作家黛安·艾克曼（Diane Ackerman）到巴哈馬群島潛水以後，就體會出「身為女人，卵巢中卵子如魚卵般安置，進入平滑、波動起浮的海洋子宮，我們的祖先數千年前即由此發源」。女娃在東海經驗的共盪現象，想必也和她剛剛開始的月經有關。

半年前的一個夜裡，母親把剛睡著的她搖醒，並示意她別吵到一旁鼾聲大作的幾個兄長。她躡手躡腳地起身，這才發現臥躺之處一片暗紅。

她還弄不清楚是怎麼回事，母親已經把她的被褥整條抽起，然後牽著她到廚房後頭的一個小房間另行鋪下。從此以後，她和哥哥們在睡前打打鬧鬧的場景就成了回憶。因為她在經期裡不時會感覺腹痛如絞，流量又大，每個月來潮之際，母親都會請父親帶回柘樹的莖葉，拿水煎三個時辰，再讓她加了紅糖啜飲。父親為了鼓勵她喝下那略帶苦澀的湯汁，常會從不同的陶甕裡抓出各式各樣的藥草，在她喝藥時，將這些植物神奇的作用娓娓道來。不曉得是配方有效抑或是故事生動，女娃總是聽得入神，渾然不覺來經的不適。

其實，柘樹真是一味上等的藥材，不只能減輕月經的困擾，甚至可以抑制癌細胞生長。中國大陸近年就開發出一種名為「柘木糖漿」的處方藥，用作胃癌、食道癌、腸癌等消化道癌症的化療輔助用藥，上海第一人民醫院腫瘤科與第二軍醫大學腫瘤研究所也都針對其抗腫瘤特性做過實驗分析。這些知識自然不是神農氏素樸的田野調查所能涵括的，就像他也無法想像崔豹在《古今注》裡宣稱的「蒙恬始作秦筆，以柘木為管、鹿毛為柱、羊毛為被，所謂蒼毫」，或是日本人拿柘木纖維細軟的樹皮來做高級和紙。在所有不可解的事物當中，還存有一個令他哀慟的謎團：當東海奪走他至愛的小女兒以後，女兒化身的小鳥，為什麼老要銜著柘木的小樹枝去填海？

這不只是神農氏的疑問，也是長久以來人們讀這段故事時的疑問。但各種揣想最後似乎都被同一種論調收編，齊發為千古一歎：

精衛銜微木，將以填滄海。刑天舞干戚，猛志固常在。

——陶潛・讀山海經

其實詩句本身仍散逸著淵明一貫的恬淡，但學者們卻多半引申為：這個典故足以「鼓舞人們自強不息的精神和鬥志」。換句話說，女娃竟成了儒家精神知其不可而為之的遠古代言人！

姑且不論以上的蒙太奇手法是否允當，我們不妨先剪接幾段畫面進來做個對照。它們是宮崎駿的《風之谷》、《天空之城》、與《魔女宅急便》。這幾部動畫裡的主人翁，不管是乘著滑翔翼的娜烏西卡、頸戴飛行石的希達，或是騎著掃帚的琪琪，都是十二、三歲的小女孩，並且都具有飛行與改變世界的力量。女娃也是十二、三歲，變成叫聲如精衛的小鳥後，自然也以飛行為主要的活動，而精衛「常銜西山之木石，以堙於東海」的舉動，無論背後的原因為何，改變世界的目標也一樣明確。為什麼這些十二、三歲的小女孩都能飛？她們想把世界改變成什麼樣子？我們要如何解讀這麼一個在神話與童話中重複出現的原型？

首先必須探討的是飛行的象徵意義。對受制於地心引力的人類而言，飛行始終是面向基本存在狀態的最大挑戰。一旦突破這層束縛，我們就會得到扭轉乾坤的幻覺與快感：「現在生活顯得多麼豐富啊！生活並不是盯著漁船單調地追來逐去，而是另有理由存在的！我們可以騰躍於無知之外，我們會發現自己是優越、睿智和具有技能的生物。我們可以自由自在，我可以學習飛行！」這段對於飛行的忘情謳歌，出自於一隻「低等」鳥類——天地一沙鷗強納森之口。所有第一次藉著飛機騰雲駕霧的乘客，應該都能分享它欣喜若狂的情緒。在這個脈絡下，飛行的能力不是預言了一場革命，就是應許了某種演化的進程。飛行，因此是通向另一個世界的門梯。

接下來，我們自然要挖掘「另一個世界」的本質。《風之谷》中消失的大地，是尚未被人類高度發展文明污染的淨土。《天空之城》一直談論的

「拉普達」，也是一個科技神力未被濫用時的夢土。《魔女宅急便》比較不一樣，離家修行的小女巫，尋找的是一塊可以讓自己貢獻的樂土。但無論是舊世界還是新天地，小女孩都必須付出改變現狀的代價才得以進出，所以琪琪處處碰壁、搞得灰頭土臉，希達從王位繼承者淪為人質奴工，娜烏西卡甚至在血腥的戰爭中犧牲了生命。由此可知，「另一個世界」就是當下那個紛亂、過渡狀態的對立面，它是美好的過去，是甜蜜的未來，總之不是現在。它在時序上的標誌比空間上的定位更為重要。

那麼，「現在」到底發生了什麼事？既然時序才是關鍵，女主角的年齡或許可以讓我們找到線索。這些十二、三歲的小女孩共同經歷了女性生命中的第一個轉捩點：初經。而來經的身心變化與生活影響是不言可喻的。對多數父系社會下成長的女孩兒而言，來經往往意味著純真年代之終結——活動範圍縮小了，應對方式改變了，掌上明珠成了籠中鳥。這種充滿失落感的集體潛意識，沉積成一種特殊的夢境類型。於是，受過榮格學派啟發的身體工作者常會注意到：有月經問題的個案比較容易在夢中飛翔，而這些個案有不少都在青春期過後，與家庭、尤其是與父親的關係產生衝突或緊張。德國醫師呂迪格．達爾可（Rudiger Dahlke）也指出，大部分月經問題，以及許多性方面的症狀，就是來自於無法接受自己的女性特質。

當娜烏西卡、希達、琪琪以及女娃頭一回意識到：她們從此就得任由月經的節奏擺布，默默承受月經加諸在身上的種種限制，這些小女孩同時也陷入一種天人交戰的兩難中——To become, or not to become, that is the question！如果她願意成為（become）一個成熟女性，她就得選擇自我臣服。反之，她將很難發展出完整的女性特質，因為女性特質的核心便是順從與承接。《周易．繫辭傳》裡說的「乾道成男，坤道成女，乾知大始，坤作成物」，即指出陽性能量以創造力為主軸，而陰性能量以接受性為原則。深受平權思想洗禮的人們也許覺得順從、接納之類的字眼十分刺耳，但此處的討論只是如實指出兩極的差別，並未暗示任何價值判斷。羅洛·梅（Roll May）在《創造的勇氣》一書中，曾對「接受性」做出極精闢的詮釋：「藝術家的接受性絕不能與被動性混淆。接受性是指藝術家保持敏銳的感受，敞開心靈傾聽『有』在說什麼……它是一種主動的傾聽」。倘若把藝術家代換成女性，這段論述依然是成立的。

藉著反抗或接受如月經這般的自然限制，一個小女孩逐漸辯證地發展出她的女性自覺。因為意識源自於對限制的搏鬥，沒有限制就不可能出現意識。換句話說，女性特質這種東西，並非「生而知之」者，而是「困而學之」者。想要掙脫禁錮的企圖，在飛行的操練中得到實現，而意欲改變世界的心願，也在接受變化的同時得以完成，這就是會飛的小女孩們所要傳達的訊息。相形之下，精衛填海的傳統註解只看到不屈不撓的反抗，就顯得太男性也太單薄了。

精衛的故事中另一個重要的元素——水，一向被深度心理學視為女性特質的象徵。所以，女娃溺死於東海，絕對是個意象豐富而且指涉清晰的關鍵。但過去賦予這個情節的悲劇色彩，從發展女性特質的角度來看，則是不必要的投射。就像著名的北歐神話「拉庫那克」（《諸神的黃昏》）所揭示的：死亡並不代表永恆的終止。原本在戰火與烈燄的摧殘之下，大地沉沒海底，世界宣告毀滅。然而，經過漫長的歲月，以及大海與鹽水的淨化之後，大地又逐漸從海底升起，陸續萌生比過去更清新翠綠的草木，諸神與世界便在消亡之後又重獲新生。同樣的，正在經歷身心變化的小女孩，雖然瀕臨被自然律法壓迫甚至吞沒的邊緣，一旦她接受了自己，就會得到脫胎換骨的力量，以重生的姿態在她所創造出來的世界中翱翔。因為她犧牲的只是一小部分的普遍性，換得的卻是完整豐沛且無可取代的獨特性。我們不能想像一個只有太陽而沒有月亮的世界，也不會滿意一個只求均等而不見個性的世界。而小女孩蛻變為成熟女性的過程，更印證了阿德勒（Alfred Adler）的主張：文明緣起於人類在身體上的限制。

我們既已發現女性生命延展的藍本，應該可以試著據以補遺，編完這張流傳千古的迷離織毯——

事情發生的那個下午，女娃一如往常地在大湖中泅泳。當她一次一次冒上水面時，確實也注意到了東北角天幕上的一大塊層積雲，但她只是為這片透光低雲的雄偉壯闊嘖嘖稱奇，並不感覺有什麼威脅。水裡的世界太迷人了，不玩到精疲力竭，女娃是捨不得上岸的。

就在她最後一次潛到水底時，湖上悄然風雲變色，滿目是駭人的昏天暗地。但即使暴雨初起，她依舊毫無戒心地享受比平日更劇烈的擺盪。直到她準備竄出水面，卻冷不防身體一矮，被滔滔巨浪壓到更低的水域下面去。女娃大吃一驚，拚命划臂蹬腿，可是身體像是被水潮攫住了，再也不能讓自己的意志帶到想去的地方。

這場奮戰並未持續多久，在她失去意識之前，腦海裡只是快速閃過幾個零星的畫面：一隻白嘴紅爪花腦袋的鳥兒輕快地掠過湖面……啊，要是能飛就好了……發鳩山上的柘樹林被狂風吹起一陣一陣的樹浪，彷彿現在正推擠著自己的湖底波濤，又彷彿來經時腹內的翻騰……父親將整袋的柘樹枝葉倒進母親的湯鍋裡，笑著對她說：「一會兒就不痛了！」……啊，要是能抓到柘木的枝條就好了……

風浪平息時，女娃早已不能言語。但艾蜜莉．狄更生的詩句或許可以為她傳唱最後的心曲：

我掉落，掉落——
撞到一個世界，
然後終於知解——

14

振動的沉默

‧
‧
‧
‧
‧

在滿是美術書籍、東方樂器、抽象畫作、波斯地毯的客廳裡，很奇怪地，我卻只感覺到一潭深井般的空無。這是麥可．費特（Michael Vetter）的德國住所，聽說他在義大利還有個離群索居的大莊園，聽說他總是親手摘採莊園裡的橄欖，想像中該是洋溢著「托斯卡尼豔陽下」的氣息。如果去那兒拜訪他，會不會見到麥可．費特的另一面？一個人的潛意識常會在他的活動場域中自然流露，所以我試著在這個空間裡嗅聞主人的性格。然而，空氣中飄蕩的濃郁肉香，多少又增加了解讀的難度。這位禪修大師並不只是蔬菜瓜果的愛好者？我很歡喜，也很好奇。

就在我任意打量、胡亂揣想的時候，客廳的門被古典樂的琴音推開，費特如一縷輕煙似地飄進房內。他，應該是費特吧？我從沒見過他，對他的認識非常有限，只在馬克的《泛音詠唱》(Overtone singing) 一書裡跟他短暫交會，聽過他兩張CD，再加上一點傳聞。而眼前這位「廚師」，用莎翁名劇裡的昂揚身段宣布：晚餐已備妥。堂皇裡透著慧黠，就是費特給我的第一印象。我用日語向他解釋，馬克和娜塔莎到樓下去把車挪個位子，而我就是那個台灣來的新朋友。他愣了一下，隨即用落日餘暉般舒緩溫暖的英語告訴我，他不像我那麼慣用日語——台灣來的？太好了！我們就要去台灣了，你可以多告訴我們一些事情。

費特在日本待了十三年，還曾在禪寺出家為僧，如此的經歷是很引人遐想的。但從語言的運用，從他的油畫、他家的擺設，以及接下來兩天的談天說地裡，可以令人放心但又不無敬畏地肯定，他並不是一個照單全收的東方迷。費特的世界是一個精細透光的蛋殼，無論如何滑順緻密，他都只讓折射的光線進出。他要的不是一覽無遺的視野，也無意用生理解剖的手法素描自己，他的語言、音樂和繪畫，都給我一種朦朧但堅實的感受。這不是一個可以被分析的對象，準確高超的技巧應該也不是他最精采的地方。不論從望遠鏡或是顯微鏡看去，他都是一個讓你程門立雪同時又如沐春風的人師。

主菜上桌，費特和馬克卻想不出它的英文該叫什麼。就在他們反覆琢磨時，娜塔莎大叫，「斑比啦！它是斑比！」於是我明白這道美味佳餚乃是鹿肉。娜塔莎也是一隻斑比，靈敏而深情，熱烈又細膩。她比費特小三十歲，是深得真傳的聰穎弟子，也是體貼入微的忠實伴侶。可是她的角色，絕對不僅是經典的集註或廣解而已。如果費特是一首意象簡淨、餘音裊裊的詩歌，娜塔莎就是一部出人意表、高潮迭起的小說。不過，我們確實可以從一個人的另一半身上，發現他的潛質與倒影。所以，把娜塔莎視為費特層次豐富的一種生命展現，他們兩人大概都會欣然接受。

晚餐過後，馬克在廚房幫娜塔莎收拾，費特則領著我鑽進他的秘密基地。那是一個上下鋪的寬闊下層，拆去床組後，被書本和收藏品環繞成靈魂的堡壘。費特拿出他的無字天書，一頁一頁，一筆一畫地講給我聽。這兩本「著作」，一般會理解為畫冊，但那就是他所使用的另一種「語言」，有範式清晰的文法，與意涵明確的語彙，一絲不苟地演繹他所思考的存在本質。生命表層的混沌繁瑣，被抽絲剝繭、重新編織，然後轉化成抽象而嚴密的史詩。讓我印象最深的，不是他獨樹一幟的筆法，或是煥發異彩的畫面，而是那躍然紙上的精神狀態，一種振動的沉默。

英文的沉默Silence，在它印歐語系的字根是si，意指垂臂鬆手(let the

hand fall）。這個身體姿勢自然而然地使人放空，禪意十足。電影《末代武士》裡，求勝心切的湯姆．克魯斯與真田廣之對陣，從來就沒機會打贏。經過幾個令人沮喪的回合，他突然想起，練習時老被叮囑「雜念太多」，而不知不覺吐氣鬆手，之後掄棍再上，竟然跟老神在在的劍道高手戰成了平手！這個情節也許可以當成Silence字根的影像版，也可以充作我所謂振動的沉默之白話版。在那樣的靜寂下，人不再陷溺於自己的心志中，於是，風吹草動，對方的意念，甚至萬物的流轉，都和空氣一般任他呼吸、與他共振。

費特筆下的線條，無論曲直，也真是根根都在振動。他翻到一頁，說起那些看似相仿的直線，其實花了很長的時間才完成。當時，他每畫到一個固定的時刻，就會放下筆來去海邊散步，邊走邊思索，回來則分毫不差地接續前段韻律再畫。我聞之有感，忍不住插嘴道，「這讓我想起，康德寫《純粹理性批判》時，每天下午都在三點半外出散步，就在那樣規律的節奏中，他建構了，嗯……一個全新的宇宙。」就在我停下來搜索枯腸時，費特把手撫胸，等我講完最後一個句子，他聲音溼潤地輕輕說，「我就知道你要說：一個全新的宇宙。」

隔日的早餐，娜塔莎把餐桌變成齊格飛歌舞團的豪華劇場，簡直教人目不暇給。各類水果、穀物、麵包、塗醬、乳品、火腿、飲料，在造型互異的器皿中，爭先恐後地傾訴女主人的盛情。如此熱鬧的陣仗，為一天揭起了歡樂的序幕。費特和娜塔莎輪流展演一個又一個諷刺笑話，我和馬克只能趴桌捧腹。看著這個前一晚彷彿西晉王衍般「容貌整麗，妙於談玄，恆捉白玉柄麈尾，與手都無分別」的風流人物，搖身化為滑稽多智、詼諧逗趣的東方朔，可能比什麼都更能說明，費特已經從「耳順」階段，逐漸邁向「從心所欲而不逾矩」。

午後，娜塔莎提議大夥兒一起去林間漫遊。德國鄉間的深秋林色，和他們的經歷一樣錯綜而繽紛。在藝術和情感上，每一個堅持與追求，背後都有無盡的撞擊與承擔。我腳踩散落滿地的殘葉，聽著這兩人的生命故事，深刻地體會到，那些雲淡風清、渾然天成的作品，並不是在象牙塔裡憑空堆砌出來的。本來，沒有一定的生命厚度與人格廣度，便凝聚不出那樣的藝術密度。藝術家了不起的地方也就在於，能從五味雜陳的八卦，蒸餾出香醇甘美的神劇。費特和娜塔莎正是這樣的人生鍊金術士，他們在現實生活中呈現的動人之處，完全不在他們的作品之下。

當天夜裡，我在費特整牆的油畫凝視下，做了一個奇妙的夢。我夢見自己帶著一群學生去參觀一大片檀香林園。檀香是非常珍貴的芳香樹種，我們這些芳療師走進這樣的林園，就跟海盜駛向金銀島一樣地興奮顫抖。我請每個學生找一棵「屬於」自己的樹，好好跟它對話。在我準備跟自己那棵檀香交流之際，發生了一件不可思議的事。當時我正低下頭去，但感到前方有一道陰影閃過。直覺告訴我，是我那棵檀香在移動。抬起頭以後，果然見到原先矗立於左側的那棵樹已經忽焉在右。夢中的我，不無詫異卻又滿足地跟自己說：「啊，檀香是會走路的。」

事後尋思，這個夢絕對與費特的畫有關。這些畫的尺寸全是正方形，設色富贍而典麗，圖案內斂而靜謐。我第一眼看見這些畫便頗為著迷，感覺它們又貴重、又輕盈，就像生命中一切有價值的事物，比方說檀香，比方說愛。檀香之美，不需要像無尾熊抱樹那樣才得以賞玩。當我們吸聞到香氣的一剎那，它就成為我的一部分，此後就算是香氣飄散，樹木伐倒，那個美感仍然存在。同樣的，就算愛人變心，或是兩人不能聚首，但是感知到愛意的一剎那，也永遠是我們的一部分。因為事物的價值主要在於引起共振的程度，我們可以觀想結果，但不是一定要懷抱目的。

要離開的那天早上，我終於聽到費特的現場演唱。地點是他的浴室，緣由是他在沖澡。當時，我正在翻閱他架上的一本俳句專論，讀到了太魯的名句：

凍結筆尖
烤焦於
油燈之火

超然物外的泛音，讓人很容易進入詩中那種品味寒氣、聆聽靜默的氣氛。聽著聽著，竟感覺周遭的空氣全在振動，自己也跟著共振起來。眼前則浮現一個沉浸在狂想中的書呆子，一心想藉燈火化開手中那撮施展不開的筆毛，竟至燒了起來。在燃起的瞬間，火光映出我的臉。我想起那些令我困窘鬱卒、不能實現的夢想，忍不住笑了起來。原來我就是那個書呆子。在費特的詠唱裡，我學到了一點振動的沉默，這應該是此行最大的收穫吧。

15

愛的氣味

你鼻子的氣味香如蘋果，你的口如上好的酒……我屬我的良人，他也戀慕我……我們早晨起來往葡萄園去看看葡萄發芽開花沒有，石榴放蕊沒有。我在那裡要將我的愛情給你。

——《舊約聖經．雅歌》第七章第九節

. . . . .

每個星期，我都要看完三個班共計一百多份的作業。學生們原本在不同的領域裡術業有專攻，平日忙著幫客戶的資金操盤、在實驗室中挑燈夜戰、替歌手的專輯配樂，乃至編輯新聞、核對帳務、巡視病房……為了這個芳療課，下班後還得細心捕捉每天使用精油的感受，整理課外閱讀的摘要，配合該週主題去欣賞一部電影或是參觀一個畫展。儘管她們常常哀歎時間不夠用，交過來的作業還是愈來愈厚，堆放桌面時，看起來就像一座小山，使我忍不住把MSN上的稱號換成「改不完的作業」。話雖如此，每次看完作業，心底總會湧起一股敬畏之情——那是植物精靈和我們身體的對話，如果你聽得懂的話。

就拿剛發回去的第六週作業來說吧，學生必須觀察三種酯類精油調和之後對於身心的影響。從她們巨細靡遺的記錄中，我發現一個耐人尋味的現象：超過三分之一的學生都經歷了前所未有的綺麗夢境。我的學生多數是女性，而這些夢主要是跟她們的前男友、心儀的對象，或是某類「夢中情人」有關。無論過去的感情多麼令人失望，也不管平日如何冷靜自持，在那個奇妙的夜裡，她們全都化身為鴛鴦蝴蝶派的女主角。有趣的是，這些美夢中的神仙伴侶，沒有一個是她們現實生活裡的真命天子。她們難以置信地描述著自己如何噙著淚珠、如何全身發燙、如何害怕一顆狂跳的心就要從胸口蹦出來，在夢裡。我一邊分享她們的訝異，一邊回想她們在課堂上堅定果決的臉部線條。這些學生都算是各行各業的菁英，已經被鍛燒成百鍊鋼，不再信仰甚至根本不在乎繞指柔似的韓劇情節。那麼，這些夢是怎麼來的？

自從芝加哥大學的生理學家克里門（N. Kleitman）在一九五三年發現：人們總在快速眼動睡眠（REM）期間做夢，夢的科學便逐步揭露我們存在的真相。例如，羅許長老醫院的卡萊特（Rosalind Cartwright）醫生用無REM睡眠的實驗，證明每個人每天都會做夢。史丹福大學的明涅醫生則藉著麻醉樣昏睡症的研究，發現做夢的時候是情緒當家。在REM的睡眠階段，負責邏輯思維的大腦皮質開始縮小，而掌管情緒與記憶的邊緣系統則異常活躍。紐約西奈山醫院的研究人員德門特（W. C. Dement）與費瑟（C. Fisher），甚至得出做夢有益心理健康的結論。

其實不光是心理健康，在長期研究邊緣系統的海馬回、REM、和腦波之後，洛克斐勒大學的神經學者溫森，更提出夢境「反應個體求生策略」之說。因為做夢時大腦呈現的θ波，正是動物在因應環境變化時所發出的腦波。由此可見，我們靠做夢處理來不及反應或試圖逃避的各種資訊，尤其是那些可能引發強大情感的衝擊。比方說，由於擔憂愛情帶來的迷亂會破壞生活秩序，我們往往趁「神智清明」的時候鎖上記憶。但跨不過的門檻將使身體節奏停擺，冒不出的愛苗則令心靈景致荒蕪。為了不讓流動的生命被壓抑的情緒塞爆，我們的大腦便會啟動內建的掃毒程式，在夢裡把生命中不可承受之輕一一倒帶過濾。所以，學生們的旖旎夢境，迫使她們像《長日將盡》裡的肯頓小姐詰問史蒂文斯先生那樣質疑自己：「啊，可是我注意到了，史蒂文斯先生。你不喜歡我們的員工中有漂亮的女孩。可不可能是我們的史蒂文斯先生擔心自己分心？可不可能我們的史蒂文斯先生終究是血肉之軀，無法完全信任自己？」

在這部得到一九八九年英國文壇最高榮譽書者獎的作品裡，石黑一雄用輕描淡寫的手法推開一扇笨重緊閉的心扉。男女主人翁同在一處大宅門當差，因為密切共事而暗生情愫，但「專業」、「責任」之類的意識，就像男主角脖子上永遠筆挺的老式領結，勒住他自以為不存在的想望，於是錯失真愛，留下一生的缺憾。愛情之所以令人卻步，就是因為它比任何事件都要容易令身心癱瘓。所謂一入情關、便不足觀的訓誡，特別讓信奉理性主義的現代人惴惴不安。閃躲這個魔咒的唯一方法，就是讓身體的歸身體、心靈的歸心靈。所以事業有成的男人自我安慰：「跟她之間只是性關係」，而獨立自主的女性則開導自己：「其實這是一種學習」。誰也不願提到愛情，愛情是個什麼東西！

相形之下，從前的人因為身心合一，反而比較睿智誠實。十三世紀伊斯蘭神秘主義「蘇菲派」的教團導師魯米，就以愛情引動的身心感受，作為體悟真主與參透天地的修行路徑。他有一首詩名為〈真正的男人〉，其中一段描述埃及的大將軍為愛發狂，決意與國王看上的美女交合：「將軍一看到那美女，就立刻像哈里發一樣愛上了她。不要覺得可笑，因為，這種愛，是宇宙愛的一部分；沒有這種愛，世界就不會演變成今天的樣子。沒有那種追求完美的愛之衝動，無生物就不會演變為植物，植物也不會演變為精神。」

魯米的門人還發展出一種獨特的迴旋舞（whirling dervish），藉以身體力行這種教義。我在土耳其的孔雅，曾有機會凝望這些修道僧的儀式。

當他們揚起束腰白袍的寬大裙襬，在幽暗的殿堂內宛如行星一般地自轉，晃動的光影給了我一個難以磨滅的印象——那就是愛的漩渦呀！然而，這個漩渦並不讓人陷溺，它像個脫水機似地幫你拋去我執，最後剩下的，僅是你與所愛合一的恍惚與狂喜。今日很多新世紀(New Age)信徒對這種迴旋舞十分著迷，學了回去當作一種整合自己的功法，也是基於同樣的道理。

合一！生命需要合一，因為「存有是一」。馬克思早就指出，工業革命與資本主義帶給人類生活最大的夢魘，就是疏離。這個世界已然除魅而支離破碎，如何才能回到盤古未開的渾然一體？盧貝松用他那眩人耳目的《第五元素》回答了這個問題。時間是二十三世紀，場所是更形雜沓擾攘的紐約，宇宙黑暗勢力打算吞併四方，只有找到第五元素，由地火風水四大元素組成的地球才能得救。手握這個秘密的女主角奄奄一息之際，俗骨凡胎的布魯斯．威利給了她一個深情的吻。然後，就像白雪公主一樣甦醒的女主角大顯神力，化解了地球分崩離析的危機。原來第五元素竟然是「愛」，無怪乎這部耗費鉅資的科幻片被某些影評視為二十世紀最浪漫的電影之一。

在愛的狀態中，我們體會到老子所說的「營魄抱一」。因為陷入熱戀的時候，身體會分泌一種叫作苯乙胺（phenylethylamine）的神經傳導物質。苯乙胺的化學反應類似安非他命，它能使人變成賈寶玉：「時常沒人在跟前，就自哭自笑的；看見燕子，就和燕子說話；河裡看見了魚，就和魚說話；見了星星月亮，不是長吁短歎，就是咕咕噥噥的。」整個世界都能跟你交談，你怎麼還會感覺有距離？除了苯乙胺，我們體內自己製造的愛情靈藥尚且包括多巴胺（dopamine）與正腎上腺素（norepinephrine）。有了它們，你才會把史瑞克看成白馬王子，而且甘願忍受身分懸殊、國情不同、使君有婦等等艱難險阻。這些神經傳導物質都會受到芳香分子的影響，科學家也已經開始著手研究不同的氣味如何改變神經傳導物質的濃度。所以，我學生的無邊春夢，確實是使用了精油的「副作用」。值得一提的是，今（二〇〇四）年諾貝爾生理醫學獎得主便是以研究嗅覺受體聞名的理察・艾克索（Richard Axel），而研究神經傳導物質如多巴胺的卡爾森（A. Carlsson）已在二〇〇〇年拿過這個獎，可見氣味影響神經傳導的研究有多大的重要性。

是什麼樣的植物，讓海馬回卯起來歌頌我們羞於啟齒或不堪回首的愛意？那個星期，學生用的是快樂鼠尾草加苦橙葉和檸檬薄荷，其中最關鍵的是快樂鼠尾草（Salvia sclarea）。這種原生於南歐的高大藥草非常醒目，粉紫淡紅的唇形花瓣，看起來欲言又止；寬闊粗厚的葉面，摸上去像是下巴刮不盡的鬍碴子；它的氣味，則跟男性的汗水奇妙地相似。每次帶學生去普羅旺斯進行芳香之旅，只要下農地採收快樂鼠尾草，總會看到一些女生對著它發怔或傻笑。聞來像男人的汗水，意味著快樂鼠尾草具有男性酯醇之類的費洛蒙效應。許多實驗都顯示男性酯醇可以刺激排卵、影響女性的月經週期，快樂鼠尾草最著名的藥學屬性也是調經，這當然不是巧合。

快樂鼠尾草喚起的憧憬，傳達的並不只是生理上的訊息。夢境裡的歡娛，對照現實生活中飽嘗的酸楚或不以為意，恰恰是個尖銳的對比，也難怪她們要驚詫莫名。如果夢的價值真在於鑑往知來與開發自己，這些美夢所揭露的天啟，應該就像德蕾莎修女題為〈無論如何〉的一段詩文所喻：不要因為害怕被辜負，就放棄至真至善的追求。無論如何，一定要去愛。因為愛的目的不在於獲取，無論是獲取一個甜蜜的眼神，或是一句明確的認定。愛的行動只為了創造連結，為了讓我們熟悉「合一」。愛是一種練習。想想我們在戀愛中的模樣吧——發亮的眼睛，熱烘烘的胸膛，對什麼都好奇，幹什麼都起勁。所以，愛是讓我們練習活潑，練習不死心。愛的過程也讓我們培養出一種眼光，看到很多東西可以單純因為存在而美麗，不是一定要得到回報才有意義。

有個日本電視節目叫《火燄挑戰者》，專出一些不可能的任務讓觀眾報名參加，達成便可以拿到一百萬元日幣。有一回是讓兩個八、九歲的小朋友扮演酒客和媽媽桑，看他們能不能一字不漏地背完長串對白。例如，小女孩會戰戰兢兢地說出：「男人總想著一定要讓女人幸福，而不敢踏出那一步吧！」小男孩則面無表情地接口：「是啊，就是那一步。」雖然最後終於挑戰成功，周圍的大人都捏了一把冷汗，他們兩人也仍然一臉懵懂。這整個過程彷彿是男女關係的成年禮。社會交給我們一個充滿犬儒心態和滄桑台詞的劇本，照著表演就能得到世俗的獎勵，但它的代價是遺忘童真，並且喪失愛的勇氣。幸好自然界裡藏著許多像快樂鼠尾草那樣的能量，乘著它們香氣的翅膀，我們就能飛入《舊約聖經．雅歌》裡，徜徉所羅門王的葡萄園，重新體會愛的芬芳。

國家圖書館出版品預行編目(CIP)資料

琥珀時光 / 溫佑君著. ── 臺北市：商周出版：
家庭傳媒城邦分公司發行，民107.11 面；公分
ISBN 978-986-477-550-7（平裝）

855 107016468

琥珀時光

作者	溫佑君
封面攝影	Yoshinori Mizutani（水谷吉法）
責任編輯	張曉蕊
校對編輯	呂佳真
校對協力	張錫宗、侯聖欣
企劃協力	侯聖欣、陳麗雯
版權	吳亭儀、顏慧儀、江欣瑜、林易萱
行銷業務	周佑潔、林秀津、林詩富、賴正祐、吳藝佳
總編輯	陳美靜
總經理	彭之琬
事業群總經理	黃淑貞
發行人	何飛鵬
法律顧問	台英國際商務法律事務所
出版	商周出版 臺北市南港區昆陽街16號4樓 電話：(02)2500-7008 傳真：(02)2500-7759 E-mail：bwp.service@cite.com.tw
發行	英屬蓋曼群島商家庭傳媒股份有限公司 城邦分公司 台北市南港區昆陽街16號8樓 電話：(02)2500-0888 傳真：(02)2500-1938 讀者服務專線：0800-020-299 24小時傳真服務：(02)2517-0999 讀者服務信箱：service@readingclub.com.tw 劃撥帳號：19833503 戶名：英屬蓋曼群島商家庭傳媒股份有限公司城邦分公司
香港發行所	城邦（香港）出版集團有限公司 香港九龍土瓜灣土瓜灣道86號順聯工業大廈6樓A室 電話：(825)2508-6231 傳真：(852)2578-9337 E-mail：hkcite@biznetvigator.com
馬新發行所	城邦（馬新）出版集團 【Cite(M)Sdn.Bhd. (458372U)】 11, Jalan 30D/146, Desa Tasik, Sungai Besi, 57000 Kuala Lumpur, Malaysia 電話：(603)9056-3833 傳真：(603)9056-2833
印刷	鴻霖印刷傳媒有限公司
總經銷	聯合發行股份有限公司 電話：(02)2917-8022 傳真：(02)2915-6275

ISBN：978-986-477-550-7

2018年（民107）11月
2024年（民113）3月18日2刷
定價：350元